문학과지성 시인선 **540**

밤의 팔레트

강혜빈 시집

문학과지성사

문학과지성사에서 펴낸 강혜빈의 시집

미래는 허밍을 한다(2023)

문학과지성 시인선 540
밤의 팔레트

초판 1쇄 발행 2020년 5월 9일
초판 11쇄 발행 2024년 5월 30일

지 은 이 강혜빈
펴 낸 이 이광호
주 간 이근혜
편 집 이민희 최지인 조은혜 박선우
펴 낸 곳 ㈜문학과지성사
등록번호 제1993-000098호
주 소 04034 서울 마포구 잔다리로7길 18(서교동 377-20)
전 화 02)338-7224
팩 스 02)323-4180(편집) 02)338-7221(영업)
전자우편 moonji@moonji.com
홈페이지 www.moonji.com

ⓒ 강혜빈, 2020. Printed in Seoul, Korea

ISBN 978-89-320-3615-1 03810

이 도서의 국립중앙도서관 출판예정도서목록(CIP)은 서지정보유통지원시스템 홈페이지
(http://seoji.nl.go.kr)와 국가자료공동목록시스템(http://www.nl.go.kr/kolisnet)에서
이용하실 수 있습니다. (CIP제어번호: CIP2020016795)

문학과지성 시인선 540

밤의 팔레트

강혜빈

시인의 말

옥상에서 떨어지기 직전에
나는 다시 태어났다

울고 싶을 땐 울자
힘껏 사랑하자

내가 너의 용기가 될게

2020년 봄
강혜빈

밤의 팔레트

차례

시인의 말

해설

1부

드라이아이스

오지 않은 미래가 달아나는 소리에
왼쪽 눈만 뜨고 세수를 했다

돌멩이를 파는 가게에 들어가
나의 행방을 물어보았다

파랗게 진열되어 있는 언니와 형 들

하루 종일,
어디가 간지러운 줄도 모르고
이 등 저 등을 두드려보았다

문 밖에 버려진 발톱처럼
긁고 또 긁으면
벗겨지는 이름이 있었다

죽은 듯이 잠들었는지
잠든 듯이 죽었는지
모르는 얼굴을

한 개만 가지고 싶었다

캄캄한 오른쪽 눈 속에서는
얼음산이 와르르 무너지고 있었지만,

옆집은 밤중에만 못을 박고
세탁기를 흔들어 깨운다

벽에 귀를 대보면 조용해지는
혼자 사는 사람이 흘리는
물은 얼마나 될까,

그런 게 궁금해지면

옥상에 올라가
손그림자를 만들어보았다

토끼와 독수리
코끼리와 달팽이

모르는 사람의 옆모습……

빛을 받아내지 못하는 몸으로
준비를 끝낸 척해보았다
바람의 말을 알아듣는 척해보았다

아직 살아 있다 믿으며
철없이 반짝이는 별들에게
너는 이미 죽었어,
속삭여주었다

누군가의 숨소리가 미워지기 시작할 때
칼자루는 은밀하게 녹슬고

어둠을 기대하면 어둠이 시시해지고
먼저 사랑하는 쪽이 먼저 무사하며

웃지 않는 거울을 기다리거나
서로 똑같은 크기의 멍을 문지를 때에도

중력은 악을 쓰고 있었다

이 세계는 나를 신고 달려서
어제와 오늘과 내일이
색색의 양말처럼 뒤섞여서
그만, 세계는

지루해진 세계를 벗고 질주해서
내리고 싶어, 두 손바닥을 비벼보지만

그럼에도 나라는 것이,
감히 두 눈을 감으려 할 때

저려오는 오른쪽 눈 속으로
기다리던 햇빛이 떠내려오고 있었지만,

나의 뒤에 숨은 것은, 나의 그림자

너를 보고 소스라칠 때
나는 두 개가 된다

커밍아웃

축축한 비밀 잘 데리고 있거든
일찌감치 날짜가 지난 토마토 들키지 않고
물컹한 표정은 냉장고에 두고
나는 현관문을 확인해야 해
아픈 적 없는 내일을 마중 나가며

취한 바람이 호기롭게 골목을 휘돌아 나갈 때
나뭇잎이 되고 싶어 아무 데서나 바스러지는
우리가 서로를 껴안을 때 흔들리는 그늘
더 낮은 곳으로 자리를 옮겨 가는데

아무도 모르는 놀이터에서 치마를 까고 그네를 탔어
미끄럼틀과 시소의 표정
낮지도 높지도 않은 마음을 가지자
혼자라는 단어가 낯설어지면

얼음 땡,
크레파스 냄새 나는 빨주노초 아이들
웃음먼지를 풍기며 뛰어나가고

배 속에선 만질 수 없는 부피들이 자란다
누가 우리를 웅크리게 하는 걸까
웃지 않는 병원에 가야겠어
문 닫은 교회에서 기도를 하거나
그것도 아니면 여관에 하루 정도 재울까
창문이 많은 복도에서 자꾸만 더러워질까

뉴스는 토마토의 보관법을 알려주지 않는다
설탕에 푹 절여지고 싶어
사소한 기침이 시작된다
내 컵을 쓰기 전에 혈액형을 알려줄래?

옷장에서 알록달록한 비밀이 흘러나와
자라지 않는 발목 아래로, 말을 잊은 양탄자 사이로
기꺼이 불가능한 토마토에게로

너는 네, 대신 비,라고 대답한다

지금부터 뒤꿈치를 밟으면서

쫓아오는 그림자가 있다

나를 거꾸로 심으면 발끝에서 뿌리가 자라니까
울상이 된 잎맥처럼 지루한 끝말잇기를
아래에서 위로 떨어지는 돌멩이를
스스로 멀어진다고 말할 수 있을까?

창문은 강 약 약 강 약 볼륨을 높인다
벽과 바닥이 분리되는 마술처럼
옷장 속으로 빨려 들어가는 새처럼

밤마다 재우고 먹였던 병들을 빗속으로 던진다
유행처럼

어떤 투명함도 전시할 생각이 없으니까

어디에서도 살 수 없는 쨍강쨍강
그러나 와장창도 아니게

*

지금부터 그림자를 앞질러
걷는 뒤꿈치가 있다

너는 곰, 대신 문,이라고 대답한다

건조한 뺨을 위해 대신 울어주는 식물이 있다
창문은 어째서 창문의 용도를 잊어버리고

나를 한 덩어리로 뭉쳐줘

눈앞에 어른거리는 플래시 세례
네모 세모 마름모……
다시
머리 어깨 무릎 귀 코 귀!

끝없는 정수리들이 한꺼번에 걸어온다
구멍이라고 쓰면 검어지는

껴안으면서 더욱 커다래지는

*

먼저 손끝이 지워진다
너무 투명해서 더는 투명해질 수 없을 때까지

몸속에 흐르는 물까지 전부 상상할 거니?

징검다리를 건너다 조용히 미끄러질 때까지
속으로 숫자를 세다가 처음으로 돌아와

누가 빨갛게 세수를 하고 있거든
마지막으로 얼굴을 찍는 사람이 이기는 거야

그리고

셔터들

이름 없음

나는 이제,
이곳의 주인공처럼 보인다

차가 멈추고 파란불이 켜지는
나만 모르는 세상에서
시시한 고독을 연기하는

와르르 흰빛을 뒤집어쓰면
잘못 떨어진 천사처럼
픽 쓰러지기도 하는

"우리들의 머리 위에서
누군가 빛을 만지는 것 같아"

혼자 온 사람은 팔짱을 끼고
둘이 온 사람은 어둠 속에서
서로의 마른 손을 더듬으며
본다, 보고 있는 것 같아

뒤집어진 무지개가 잠깐 피어오를 때

우리는 빛의 기울기에 따라
어쩔 수 없이 밥을 먹거나
곧 죽을 것처럼 껴안거나
어쩔 수 없이 기절하고,
벽에 대고 말하기도 하는 것이다

내 눈에만 보이는 그림자들은
그림자를 벗고, 또 벗어서
첩첩 쌓인 허물을 밟으며
문과 문 사이를 건너가는 것이다

오지 않은 사람은 아직 오지 않고

너는 이제,
그곳의 주인공처럼 보인다

침대의 반쪽을 잃어버린

너만 아는 세상에서
밤의 뒤척임을 기다리는

하나, 둘 박수 칠 때 사라지자
긴 편지 대신 귓속말로
말린 꽃보다 시드는 입술로
으깨지는 밥알처럼 무해하게

부끄러운 사람이 되고 싶어

주전자에 든 물을 흘리며 걷자
울면서 뒷발을 무는 개처럼
불 켜진 계단을 향해
자꾸자꾸 내려가자

더 낮은 곳, 더 더 낮은 곳
닫힌 문, 또 닫힌 문
더 높은 곳, 더 더 높은 곳
열린 문, 내내 열린 문

환호 소리. 먼지 소리.

남겨진 발들은 서성이고 있다
들어오는 문이, 나가는 문이 될 때까지

누구세요,
그런 대사는 없었지만

필름 속에 빛이 흐르게 두는 건 누구의 짓일까

눈 없는 인형을 줍는다

맨발로 암실 속을 걸으면
발끝에 치이는 머리들
부드럽고 차갑다

우리는 상처를 주고받는 일 없이
누가 먼저 죽을까 봐 걱정할 일도 없이

마주 앉아 찬밥을 퍼먹는 저녁
완전해지려고 스스로 손목을 깨무는 노을처럼
몸보다 먼저 말을 밀어내려는 식탁에서

너는 가끔 사람처럼 군다
내가 숨 쉬는 법을 잊어버리는 동안

표정 없음에 대해
배 속에서 자라는 소음들에 대해
하고 싶음에 대해

납작한 비둘기를 쪼아 먹는 빵 조각들에 대해
내가 기어코
벤치의 두 자리를 차지하는 동안

죽은 줄 모르는 것들이 생각을 가지게 되고

잘 울지 않는 게 강한 걸까 물어보면
참을수록 햇빛과 친해질 수 있다고 답하듯이
산책하는 사람들은 대체로 우울하기 때문에
화창한 날에도 우리에겐 울 권리가 있다

아는 일을 모르는 척 되감는 건
한 명의 내가 지워지는 기분이 좋아서지

우리는 서로의 네거티브, 하얘지지 않으니까

어제 포도주를 나눠 마신 풍경과
오늘 모르게 지나친다

언더그라운드

옆에 앉은 노인이 뒤척일 때마다
가방이 열렸다 닫힌다

무서운 빵냄새.

시간 속을 달려가는 머리들
약간의 *끄덕임*만을 허락한 채

"굴의 내부는 아이의 눈알처럼 검게 젖어 있네……"

문득 끼어든 등짝을 본다
이 세계에 없는 노래다

올라타는 표본과 내리는 표본이 뒤섞인다
약간의 초조함만을 걸친 채

테이블보를 잡아당기듯 서둘러
인사를 둘러대는 모양새

"나는 꼭 노인이 될 거야"

인간을 이루고 있는 세포와 물질은
빛과 냄새를 바꾸어가며 다채롭게 늙는다

너는 추운 나라의 스파이라고 했다
한 달 뒤에 죽는다고 했다
캐리어 가득 기다란 총이 들어 있다고 했다
한쪽 귀를 극장에 두고 왔다고 했다

호주머니 속에 들어 있는 감정은
분노와 고독, 두 가지뿐이라고 했다

천사에게도 이미지 메이킹이 필요했으므로

🜕

a. 인터폰으로 새소리를 듣는다. 가짜 새를 구별해낸다.

b. 냉장고에 휴대폰을 넣는다. 도청하는 입술을 포갠다.

c. 차창에 콧잔등을 댄다. 흰 자국이 어떤 표정으로 사라지는지 기록한다.

d. 나는 오래 살 것이다. 너희들을 비참하게 만들었으니.

a′. 자리에서 일어나 반대편으로 걸어간다. 새들은 하품을 하지 않으므로.

삭제된 메시지입니다.

숨을 참는 표본과 헐떡이는 표본이 뒤섞인다
깜빡거리는 내일을 기다리며

지구 반대편에서 열차를 타고 온 사람과
같은 칸에서 내렸을 때
여전히, 살아 있을 때

우리는 잠시 동료가 된 것 같다

감정의 꼬리

나는 지금 웃고 있습니까
때와 장소를 아는 고양이입니까

입꼬리를 아코디언처럼 접었다 펼치며
웃는 얼굴을 연습하는 사람들보다
더 사람 같은 고양이입니까

이를 숨겨야 할 때와 드러내야 할 때는
다른 모양의 구름이 흐릅니까

그림자를 밟고 지나가는 트럭 앞에서
발톱의 뾰족함을 잃어버리고 있습니까

거리에 번진 숨은 깨끗이 지웠습니까
다만 입술의 각도에 몰두합니까

진짜를 알아채는 것이 꼬리의 일이라면

시간 속에 판판하게 누워 있는 죽음은

누구의 것입니까

끝에 어울리는 인사를 위해
뒤척이는 표정들 중에서
나의 차례는 돌아옵니까

여기 너 말고 누가 더 있니

— 내가 부르면 대답하는 건 천둥과 너밖에 없다
— 누구요? 저요?

— 더러워도 우는 소리 내지 마
— 오늘은 코피가 질질 쏟아지다 멎겠습니다

— 내가 픽셀로 만들어졌다는 걸 믿는 물건은 한 개도
없다
— 북쪽으로 행운의 색깔을 훔치러 갈 수도 있겠습
니다

옛날 옛적에

어느 쪼그라든 겨울밤이었나, 왕은 숲을 열며 외쳤습
니다 그대들이 기억해야 할 것은 웃고 나서 우는 얼굴과
울고 나서 웃는 얼굴의 차이뿐이구나 하늘과 땅이 조금
씩 제자리를 찾아갈 때 잠들지 않고 걷는다면 쥐들의 지
붕을 부수고 새로운 폐허를 세울 수 있을 것이다 그대들
은 나의 눈 코 입을 영원히 궁금해할 것이나 곁을 지나가

면 언제나 알아보지 못할 것이다 땅과 하늘이 거꾸로 뒤집어질 때 피범벅이 된 금화가 우박처럼 쏟아질 것이니

— 영원히 만져보지 못한 무지개가 있냐고
— 없는 자신에 대해 말하느라 저는 모두 늙어버렸답니다

— 이상하지? 박수 소리가 가까워지고 있다는 게
— 당신은 점점 불안의 왕이 되어가고 있습니다

— 코딱지의 시간이 왔다
— 엽차가 다 식을 때까지 기다리셨군요

도래할 어제에

어느 텔레비전에서였나, 딱딱딱딱 어금니 부딪히는 소리가 났고 전깃줄 위에서 새들이 푸르르 떨고 있었습니다 왕은 숲을 닫으며 손바닥을 읽었습니다 주머니에서 녹은 사탕을 꺼내지 않는 아이가…… 클랙슨을 울리다가

부드러운 거짓말을 떠올리는 호두까기 인형이…… 생일
풍선을 끝까지 불지 못하는 고양이가…… 오븐에서 기
어 나오는 은빛 가발이…… 하품과 눈물 중에 누가 먼저
인지 모른다는 듯이…… 나보다 먼저 나였다는 듯이……
얌전히 무릎에 앉아 있더군

　　―우리 집에서 내려
　　―누구요? 저요?

　　―사과 같다고 했지, 사과라고는 안 했어
　　―다음은 '사과'의 검색 결과입니다

　　―변기 위에서 우리는 외롭지 않아
　　―동시에 저를 부르는 전 세계의 물건들에게 대답하
던 중인걸요

미니멀리스트

찢어진 이불을 덮고 잤다

오랫동안
찢어진 마음에 골몰하였다

깨어날 수 있다면
불길한 꿈은 복된 꿈으로

빛 속으로 풀쩍
뛰어든 고라니가 무사하므로
오래된 건물이 무너짐을 마쳤으므로
돌아가신 아버지는 돌아오지 않으므로

기지개를 켜듯 이불의 세계는
영원히 넓어지기

모름지기 비밀이란 말하지 않음으로
책임을 다 한 것으로

어디든 누가 살다 간 자리
어디든 누가 죽어간 자리

오랫동안 비어 있던 서랍은
신념을 가지게 된다

"가끔 우리가 살아 있는 게 기적 같아"

이 세계에서는 매일매일 근사한 일이
무화과 스콘 굽는 냄새가
누군가
3초에 한 번씩 끔찍하게

복선을 거두어 가지 않으면서
한 줌의 사랑을 꿰매어주면서

"혹시 사람을 좋아하세요?"

더는 버틸 수 없는 질문에 대해
대답하지 않기로

내가 나인 것을 증명하지 않아도 될 때
긴 잠에 빠진 나를 흔들어 깨울 때

아래층에서 굉음이 들렸다

라넌큘러스

사랑하는 사람과 마주 앉아
무서운 감정을 먹습니다

핏빛 구름이 반죽처럼 부푸는 방 안에서
무서운 것을 무섭다 말하지 않고
나는 먹습니다, 다정한 얼굴로

네발 달린 의자가
순한 눈을 하고 기어 옵니다
벽 위로 물때가 조용히 번집니다
닦아낼 꼬리도 없이

사랑하는 사람이, 맛있습니다 맛있어서
식탁은 싱그러운 울상을 연습합니다
시간의 바깥은 부드럽고
혼잣말은 오래 씹을수록 질겨집니다

방의 내부는 서서히 망가지는 것들로 가득합니다
살아 있음을 멈출 수 없는 것들로

하고 싶음이 넘치는 것들로

창밖에는 흐릿한 얼굴들만 쌓여갑니다
뚝 뚝 끊어지는 구름의 발톱들만
자르면 다시 자라나는 풀들만

채식주의자가 되고 싶어요
죽어서도 여행하고 싶지 않은 도시가 있어요

알면서도 모른 척하고 싶은 죽음은
지저분하게 시드는 방법은
금붕어의 뻐끔거림이나
그늘의 꺾인 목
빛이 꺼져가는 눈
병든 사람의 꿈속 같은 건

물을 마시지 않고도 무사한 돌멩이처럼
내일이면 습지를 떠나, 사람이 될 수 있겠지만
세계의 몸속은 텅 비어 있어

스치는 감정에도 꺾어지기 쉽습니다

쉼 없이 이기고 지고, 지고 이기는 몽우리들과
줄기를 들어 올리면 와르르 떨어지는 입들

무서운 사람과 등을 기대고
물컹해진 장면을 뱉어냅니다

사랑하는 것이, 잘게 쪼개질 때까지 기다립니다
서로의 새살이 되어주면서
삼켰던 눈알들을 묻어주면서

안전한 일요일 밤에는 다들 창문을 닫고 있을까요
나는 꽃,이라는 단어를 줍지 않습니다

꽃을 든 사람의 표정이 무엇인가 잘못되었다

너는 나의 햇빛 영원히 고통받습니다 자동으로 완성된 문장들은 모두 어디로 갑니까 거기에서 시작되고 여기에서 끝납니까 어디서부터 어디까지 우리겠습니까 너는 나의 햇빛 쨍쨍할 수 있습니다 나랑 말 놓고 친하게 지내고 싶어요 꿈속에서 넘어지고 일어서는 나는 왜 이런 시련을 통해 성장하는 삶의 이야기로 남아 있습니까 자세한 내용은 이미지를 확인해보니 사실이네요 이런 기쁨을 통해 웃기지 말라고 하십시오

덩어리들은 귀가 없어요 처음부터 그랬어요 우리들은 귀가 있어요 두 개나 있어요 덩어리들은 그만 들으래요 감히 듣는대요 덩어리들은 걱정도 없어요 귀가 없어서요 우리들은 걱정도 많아요 덩어리가 있어서요 덩어리들은 납작납작 자라요 잘 자라요

기분 탓으로 돌릴 수 없는 그림자는 짧아지고
기분 탓으로 돌릴 수 없는 분노는 길어지고

화분보다는 차라리 변기에 버려준다면
못 머리에 휴지를 심는 사람에게

몇 명의 이해가 필요한지 알고 있다면

너희들은 몸만 커진 구멍 덩어리 티끌 덩어리 덩어리
들끼리 친한 덩어리…… 덩어리들은 더 까만 덩어리를
낳고 덩어리들은 자기가 싼 말을 치우지 않고 덩어리들
은 너무 딱딱해져서 도무지 누그러들 줄 모르고 덩어리
들은…… 자기가 진짜 나무인 줄 알고……

그냥 서로가 서로를 복사해주는 자세
그냥 서로가 서로를 오려주는 손가락

그런 것만 가지고

우리의 몸이 똑같이 생겼더라면
액자 속의 액자부터 다시 시작한다면
들판이 들판을 가두기를 멈춘다면

어깨 위로 새로운 열차가 지나갑니다
아까 본 바퀴입니다

흰 나무는 흰 나무다

무성한 여름 가운데
흰 나무 서 있다

사랑해서 미워하는
친구를 닮았다

거뭇한 속을 자랑하듯
두 날개를 활짝 펼친 채

번개에 맞아 죽길 기다리면서
지어낸 약속을 어기면서

저 혼자 떨고 있는 모양
꼭 닮았다

거리가 멈춰 있을 때에만
검은 물을 털어내는
젖은 잎

그러나

흰 나무는
흰 나무다

잘게 뱉은 잎들 짙어지고
한 점 그늘이 낡아간다

먼 바닥으로 돌아가는
발바닥을 본 것 같다

사라질 때를 기다리던 물방울들이
쫏쫏쫏, 찬 발을 구르며
낮게 날아오르는 것을

본 것 같다
텅 빈 버스가 지나가는 것을
뺨 맞은 아스팔트가 흐느끼는 것을

어쩌면 그건 비행기, 아니면 비둘기
먹구름이 낳은 얼룩이었을까

허락 없이 밤은 내린다
흰 나무 차츰 어두워지고

얼굴이 지워질 것처럼
지지직거리는 기분.
모를 것 같다

오른발과 왼발은
딱 한 걸음만 차지하는 것을

세계를 밀어내며 걸을 때
그림자가 한 꺼풀씩 벗겨지는 것을

모를 것 같다
우회전과 좌회전
밥 먹는 손과 주머니에 찔러 넣는 손

들숨과 날숨의 순서 같은 건

흰 나무는 이따금
입술을 오므리고
휘 휘 휘파람 분다

우뚝, 멈춰 서면 느리게 돌아오는
몸의 무게

그럴 때가 아니지만
그럴 곳이 아니지만
악의 없는 악

나는 천진한 여름을 용서한다

그러나

흰 나무는
흰 나무다

둘이 웃다
하나가 죽어도 모를
나의 친구야.

dimanche

어서 오세요, 새 아침이 밝아옵니다
비누로 삼단 케이크를 굽는
언덕 너머 거품 떼 우르르 몰려오는

같은 날에 태어난 당신을 없애기 위해
이곳에 모인 것은 나뿐이었습니다

"인간의 감정이란 말이야,
크리스마스카드에서 불쑥 튀어나오는
루돌프 코 같은 거니까"

설교 듣는 구두들이 있고요
양들이 양치기들을 뒤몰아내는 풍경을
그리면서, 그리지 않으면서
목구멍에 덧칠을 했죠
캔버스 가운데 나이프를 푹 꽂고

번영과 충만……
턱을 긁으며 중얼거렸죠

사랑이 위대한 가문의 얼굴이라면
긴긴 저주의 내력이라면
접시가 깨져도 놀라지 않았을 텐데요

창밖에서 뱅센 숲이 흔들리는
뜯지 않은 편지가 타들어 가는
욕조 속의 물이 찰랑찰랑 식어가는

오늘을 기억하러 온 최초의 인간은
뒤뜰에서 오므라든 입으로 울고 있는
오모모모모 오모모모모
깨끗했던 잇몸으로 돌아가는

오늘 누군가는 다시 태어났습니다
덕분에
당나귀가 대신 죽는 일은 없어야 했는데요

따뜻하고 착하고 순수해서 축하합니다

너무 일찍 철이 든 왕처럼
치렁치렁한 벨벳 망토를 입고
단숨에 죽을 날만을 기다리는
그런 종류의 삶이 좋아요

개 풀 뜯어 먹는 소리

같은 날에 죽은 당나귀를 기리기 위해
고개를 숙인 사람은 나뿐이었습니다

마녀는 있지

거울 속에 마남은 없지만
마녀는 있지
창밖에 마남은 없지만
마녀는 있지

내가 악마와 내기를 했다면
맨홀을 뚫고 자라나는 아이들을
속눈썹에 내려앉아 반짝이는 젊음을
서로의 컵과 컵이 섞이는 식탁의 시간을
해가 뜰 때까지 얌전히 기다렸을까

어둠 속에서는
빗자루를 거꾸로 타도 모르고
숲이나 구름이나 물속에 모여도 모르지

파란 불의 집회가 시작되면
나쁜 기억을 조용히 태울 수 있지만

매부리코와 주걱턱은 어디에 있지?

길고 뾰족한 손톱은?
빨갛고 푸석푸석한 머리카락은?

흡혈귀처럼 목을 문다는?
늑대인간같이 목 놓아 운다는?

앵무새를 숨긴 고깔모자는?
늙은 호박을 말라 죽게 하는 입김은?
인형의 몸에 찔러둔 바늘은 어디로 갔지?

단상 위에 딸은 없지만
마녀는 있지
식탁 아래 딸은 없지만
마녀는 있지

내가 슬픔을 몰랐다면
새똥처럼 흐르는 눈물을
조그만 한숨에도 타들어 가는 지붕을
물에 빠져 허우적대는 모래성을

해가 질 때까지 얌전히 바라봤을까

하나둘 눈썹 위를 들추기 시작하면
이마 위에서 투명하게 빛나는 눈알
잘게 깜빡이며 안부를 묻지만

볼이나 등이나 팔꿈치로 대답해도 모르지
사실 누가 우는지도 모르고
어둠 속에서는

일곱 베일의 숲*

그런 눈으로 나를 바라보지 말아요
당신을 망치는 일은 너무나도 간단하니까요

누군가 치렁치렁 매달렸던 버드나무 아래
여러 겹의 그림자를 밟고 섰습니다

시침이 다시 움직이면 저주가 시작되니까요

눈꺼풀에 커다란 눈을 덧그린 사람들
서로의 엉덩이를 걷어차며 깔깔깔 울타리를 넘어가고
진실은 눈꺼풀 속에서 세모 네모 너울거리겠지요
진짜 슬픈 게 뭔지 모르는 사람들만이 더 크게 웃습니다

콧소리로 말하면 들리지 않는 이야기

돌로 변해버린 아빠들을 마음속에 진열하다 보면
없는 아이의 보드라운 무릎이 스쳤다 가는 것 같으니
까요
나의 몸이 자라는 동안 나는 모르는 내가 되어

주머니가 많은 소문이 되어가고 있으니까요

우리의 기나긴 춤이 끝나면 소원을 말해보세요
은쟁반에 당신의 머리만 담을 수 있다면……

우리는 이불을 털다가 울지 않을 것이며
부케를 받은 사람이 가장 먼저 이곳을 떠날 것이며
춤의 시작을 기억할 것이며
발로 쓸어내린 이름들을 잊지 않을 것입니다

그런 눈으로 나를 바라보지 말아요
나의 이름은 이 세상에서 발음할 수 없으니까요

* 헤로디아의 딸보다 먼저 살로메였던 그들에게.

네온 웨하스

분홍 파랑 초록이라고 쓴다 깨끗하고 네모난 도시에서 혼자 밥 먹는 걸 좋아해 깨끗하고 네모난 기분을 느끼러 갔어 배가 고플 때마다 갔어 옆 테이블 사람들과 같은 언어로 같은 메뉴를 주문하지만 먼 나라에 와 있는 것 같고 없는 일행을 찾으러 가야 할 것 같고 없는 내가 벌떡 일어나 뻣뻣한 목소리로 웃지 마! 소리치는 상상을 하게 되고 체할 것 같을 때 벌써 누가 문을 박차며 달아나고 있었고 체할 수 있을 때 체하지 못하는 얼굴을 가지고 있었고

걷는 소리

구르는 소리

나를 가로질러 가는 구름 한 점 없었어 컵에 담긴 물에서는 잊어버린 숲냄새가 났지 이곳에서는 아무도 쓰레기를 버리지 않거든 그래서 주울 일도 없다 그래 봤자 허리를 굽히는 사람은 모두 이곳을 떠났지만…… 광장 위를 분주히 걸어가는 저 발들은 마음속에서 자라는 검정을

모두 어디에 숨겼을까

부르는 소리

무너지는 소리

동그라미 세모 네모라고 쓴다 도시의 소음은 자신의 위치를 아는 것 같아 저기 봐, 커다란 바퀴가 사람을 끌고 다니고 있잖아 햇빛 아래 있으면 더러운 게 너무 잘 보이니까 빌딩과 아파트가 조금씩 모래로 변하고 구름이 강을 모조리 빨아들이고 나무들은 발바닥처럼 쪼그라들었는데…… 사람들은 왜 벌레가 나오지 않는 집에 살면서도 자꾸만 뛰어내릴까? 창문을 열면 창문이 있고 창문을 닫으면 창문이 있는 곳으로 쓰레기차가 들어오고 있네

Bonne nuit

　방문을 열면 목욕한 감정의 냄새가 났다 너무 늙은 너는 내 겨드랑이가 예쁘다고 말한다 너무 늙은 너는 나를 업고 지붕을 오른다 나는 너의 목을 조르다가 데운 우유를 엎지르고 솔기가 터진 팔을 들어 올렸네 파란 원피스를 입은 아가씨야 불편한 구두를 신고 단잠에 드는 아가씨야 북쪽으로, 북쪽으로 달아나다 보면 언젠가 오늘의 기분을 모르게 되겠지

　축축한 것들은 우리를 배신하지 않아
　너는 나를 하얀 칭찬으로 먹이고 기르지

　촛농처럼 굳어가는 얼굴로 애시트레이, 애시트레이 두 번을 말해도 못 알아듣는 마담 같은 얼굴로 우리는 더러운 옷을 서둘러 벗는다 애인에게 인조 속눈썹을 뺏긴 가엾은 남자의 얼굴로 두 번 말하게 만들지 말라는 얼굴로 너무 늙은 너는 너무 늙은 너를 벗고 사전에 없는 말들을 가르쳐주며 웃다가 넘어지고 그것이 우리라고 믿는다

　"더 있어 보여야 해 있지 않으면 있는 척이라도 해야 해

혼자 있을 때에도 재채기를 참아야 하는 삶이 될지도 모르니까"

너에게 옳은 미래가 입술 위에서 타들어 가고 있었다
너무 늙은 너는 내내 깨진 창문처럼 조용했다

방문을 닫으면 모르는 나라의 노래가 계속되었다 너무 늙은 너는 내 겨드랑이를 잊어버린다 너무 늙은 너는 새 떼들과 우리의 차이점에 대해 말한다 나는 너를 속으로 미워하다가 묽은 침을 뱉고 두 발을 허공에 묶었네 어느 날 갑자기 늙어버리고 싶은 아가씨야 우울한 신부가 되고 싶은 아가씨야 북쪽으로, 북쪽으로 달아나다 보면 언젠가 너의 이름을 모르게 되겠지

108개의 치치

나는 밤이 되면
투명한 고백들로 둔갑하는 치치

땅에 누운 흰 줄무늬들을 힘껏 당기면
잠자던 신호등이 켜지고
부풀어 오른 구름의 배를 가르면
사람들이 뱉은 거짓말이
끈적끈적한 사탕처럼 쏟아져 나오고

시끄러운 이웃집이 지팡이 가게로
하늘에 뭉게뭉게 널린 양말들이
반짝이는 지느러미로 변하고
세상에 없던 주문이 가능해지고

치치는 지붕 위를 달리며
알록달록한 치치들로 불어나고
별들의 느린 하품보다 낮고
발밑의 비밀보다 더 낮은 곳에 모여서
새로운 울음소리를 자랑하지

우리는 꼭대기를 하나씩 가지고 있어서
발끝을 세워 혀끝으로
잘 익은 달을 핥으면

찌릿찌릿 잃어버린 꼬리가 다시 자라는 것 같고
누가 먼저 두 발로 걷는 소리가 들리는 것 같고

사람들은 엎드려 자면서
네발로 기어 다니는 꿈을 꾸고

서로의 뒤로 숨느라 두꺼워진 그림자처럼
수많은 치치들은 하나의 치치가 되고
커다란 집보다 커다래지고
커다란 숲보다 더 커다래져서
세상의 어둠으로 불리고

2부

열두 살이 모르는 입꼬리

숫자를 좋아하는 흰토끼는 편지를 써 오라고 했어
거짓말을 완벽하게 훔친 아이에게 내주는 특별 숙제
말랑말랑한 지우개 똥 연필 끝에 꾹꾹 뭉쳐
사랑하는 선생님, 저희가 잘못했대요.

시험지 위로 진눈깨비가 내리는 교실

무서운 이야긴 속으로 해야 더 무섭지
칠판이 두 쪽으로 갈라지고
그 속에서 모르는 아이가 빳빳한 채로 상장을 받고
종례가 끝나면 답장이 왔어
아니, 너희가 아니라 너지.

안으로 접힌 귀 토끼의 가장 단순한 장점
만져보고 싶어 3분의 1로 나뉜 귀
왜 우리들은 밋밋한 귓바퀴를 가졌지?
좀더 수학적으로 생기질 못하고

어렴풋이 웃고 나면 어른에 가까워질까?

토끼의 진짜 얼굴은 손목에 새겨놔야겠어
기다리는 미술 시간은 오지 않는데

명치를 찌르면 실내화가 미끄러워지는 마술
복도 끝과 끝이 어떻게 다른지 설명해봐
부풀어 오른 선생님, 시리도록 하얀.

뒷문에서 굴러 나오는 귀 두 짝
청소 도구함에 숨은 눈알
창문에 붙은 천삼백일흔 개의 입 그리고 입

나는 토끼를 해부하는 상상을 했을 뿐인데요?
책상 밑에 숨어 지우개 똥만 뭉쳤는데요?

뱀의 날씨

할머니는 그날 오후 빨래를 개고 있었습니다
삼촌의 파자마 속으로 기어 들어가면서
얼룩은 아들로, 아들은 엄마로 벗겨내는 거라면서
척척한 양말을 머리에 뒤집어쓰고 있었습니다

얼룩은 그늘에서 말려야 하나요?

삼촌은 허물을 벗고 삼촌들로 불어납니다
엄마라는 단어에 슬슬 똬리를 트는
비혼주의 채식주의 무신론자 삼촌들
입속에 불혹이 자라 말을 잊은 삼촌들

특기는 식탁 밑에서 기절하기
어른답게 혓바닥 날름거리기 또는
잠자는 할머니를 죽은 쥐로 착각하기

얼룩은 그늘에서 더 축축해지나요?

집 안 가득 비눗물이 차오릅니다

방 세 칸이 조금은 말끔해진 것 같습니다
이제 곧 얼룩의 무늬가 바뀌는 시간일 텐데요
할머니가 좀처럼 탈수되지 않습니다

부글부글 거품이 된 집을 내려다봅니다
누가 옥상에 삼촌을 널어놨습니다

깊어진 그늘의 손을 잡아봅니다
나를 벗을 준비는 이제 되었습니다

ghost

가벼워지는 연습이 시작된다
물 위에 눕듯이

녹슨 어제는 선반 위에 놓이고
오늘은 악력기처럼 윤기가 흐른다

천사는 허리를 굽혀
뒤를 들추어 본다

힘주면 아파요,
고파요?

어색한 미소를 지었다면
나빠지고 있다는 의미

꼬리 같은 호스 드리우고
천장에서 한 방울씩 떨어지는
깃털을 세어본다

꿈속에서는 옛 친구들과 함께였다
알록달록한 빛을 쫓다가 깨어나면

모르는 얼굴들 드나든다
과일들 이름들 기다림들 젖은 수건들

아직 열두 밤을 더 건너야 한다

문밖이 따뜻하다면
돌아갈 곳이 없다는 의미

머리맡
시든 개 한 송이와 함께 잔다

우리는 더 이상 자라지 않으므로
친구가 될 수 있다
서로의 몸을 핥아주면서

너를 나의 개라고 부를 것

길러본 적 없는
죄책감이라고 부를 것

풍경이 모서리부터 지워진다
수북이 쌓인 오후 속에서
형광등처럼 깜빡거리기 시작한다

필연적으로, 비가 한 개씩 내린다

날씨 이야기를 하지 않는
물방울이 되고 싶었지만

등을 떠밀고 싶다가도
정말로 떨어져버리면
가장 슬플 것 같은 뒤통수가 있다

혼자서 문이 잠기고
혼자서 문이 부서지고

천사가 뾰족한 시간을 바닥에 끌며 돌아온다

코 아래 손가락을 대면
가지런히 숨을 쉬어주자

오래전 꾸었던 꿈처럼 천천히
팔다리가 밝아진다

괄호 속에 몸을 집어넣고
옅어지는 발가락을 만지는 중입니다

열아홉은 괄호가 포함된 사건이었습니다

하나, 바닥에 빨간 울음이 흥건합니다 누군가 날카로운 어젯밤을 소화시키지 못했나 봅니다

둘, 여기서부터 가족들의 방은 멉니다 커다란 구름이 말라가는 거실입니다

셋, 시계의 뒤편이 기억하고 있는 시간을 봅시다 아빠는 오후 아홉 시처럼 생겼습니다

넷, 우리들은 우리들로 남아야 하기에 아직은 식탁에 앉아 실마리를 꼭꼭 씹어 삼킬 뿐입니다

벽 너머에서 엄마는 푸르스름 야위어가고 아빠는 배를 까고 누워 노랗게 불어갑니다 시침으로 꿰맨 교복 치마는 나의 알리바이 무지개의 꿍꿍이를 눈치챘나요? 엄마 아빠가 시계 속으로 분주하게 스며들고 있습니다 나는 혀가 고부라진 아이 입안 가득한 째깍 소리를 녹여 먹으며 내일의 과목을 생각합니다

구름이 눈썹을 찡그리는 날부터

나의 이름이 느리게 증발할 때까지

증거가 되지 못한 물방울들은 곧 이름을 잃어버립니다
아직 쓸 만한 우리들이에요 까드득까드득, 아빠는 질문
을 씹어 먹습니다 어떻게 하면 흘러내리는 심증을 촛농
처럼 굳힐 수 있나요? 시간의 부스러기가 천장에서 쏟아
집니다 미제로 남은 우리들이에요 까드득까드득, 마음껏
부서질 수 있는

빨간 울음이 바싹 마르는 아침, 귓속에서 알람이 울립
니다
아흔아홉번째 이명입니다

딱딱한 무지개가 완성되면 깨끗한 얼굴로 학교에 갑니
다 오전 일곱 시는 무엇이든 시들게 만들 수 있고 그러나
오후 네 시에는 조금 웃어보아도 괜찮은 것 아홉 시의 발
소리가 들릴 때마다 뒤꿈치에 쌍무지개를 그려보기도 합
니다만 우리들은 조금도 겹쳐지지 않습니다 무지개의 꿍
꿍이를 눈치챘나요? 촉촉한 물방울들이 문 틈새로 탈출

합니다 언제 어디서 다른 색깔의 울음이 발견될지 모릅
니다

　무지개가 시간을 읽기 시작할 나이부터
　열아홉이 어른들을 타고 멀리 날아갈 때까지

그림자 릴레이

내 꼬리의 비밀을 푼다면, 너희들에게 새로운 팔다리를 선물할 수 있겠지. 자라난 꼬리는 다시 끊어지지 않아. 바닥에 물컹한 왁스를 문지르면서 누가 먼저 미끄러질까. 까매진 껍들을 떼어내면서 내가 먼저 딱딱해질까. 우느라 콧속이 헐어버린 친구와 대걸레를 빨면서 우리 먼저 얼어버릴까.

너무 빠르게, 인사도 없이 지워지는 꼬리
나의 기형은 착하게 태어난 것
장래 희망은 옆집 개입니다

흔들리는 회초리의 시간이 되면 사냥꾼이 눈알을 뒤집고 달려올 거야

웃는 아이들만 바통을 쥐고 달릴 수 있어. 너희들은 새로운 도마뱀이 될 거다. 고자질로 반장이 된 나는 괜찮아. 도마뱀의 언어를 이해하려고 네발이 된다. 다리 많은 그림자는 걸음이 빠를 줄 알았지. 비 오는 운동장에 버려진 나를 데려갈 엄마는 없을까? 파란 오줌을 싸면서 기다리

는 총소리.

　너무 느리게, 이상한 표정으로 자라나는 꼬리
　나의 기형은 내가 나인 것
　없는 목줄이 컹컹거린다

　나보다 착한 전학생이 문을 두드리면 사냥꾼이 눈알을
바꾸고 자리에 앉을 거야

　새로운 아침은 그냥 온다
　어두운 곳에서 그냥 만들어진 나처럼
　떠든 사람을 적으라는데 깨어 있는 친구가 없잖아

　내가 버린 꼬리들이 아무것도 되지 않고 철봉에 매달
린다

팬지의 섬

이곳에서 하얀 알을 줍는다면 나를 찾아주세요

물 위의 아지랑이들은 왈츠를 추고
자갈들은 파릇파릇 구르며 멍들어가는 오후

누군가 심어둔 파라솔이 발을 털고 날아갑니다
껍데기 속에 남겨진 아이들은 무럭무럭 영원해집니다

얼룩을 문지르기 위해 힘을 기르는 사람과
사람을 그만두기 위해 덧칠하는 얼룩은 같습니까?

그곳에서 하얀 알을 먹는다면 나를 잊어주세요

　자꾸만 묽은 잠에 빠집니다 오른쪽 허벅지를 쓰다듬으
면 왼쪽 종아리가 저려요
　늙은 햇빛은 고개를 두 번 끄덕입니다 아이들의 무늬
는 조금씩 닮아갑니다

　여름에 시든 약속은 겨울에 어울리는 손가락으로 피어

나고

모래톱을 따라 발목을 잃어버린 초록이 떠내려옵니다
내가 오래전 사라졌다는 소문이 무성합니다
가만히 딸꾹질하는 파도를 쓰다듬고 있습니다

엉엉하고 실눈을 뜨고 있는
물을 바깥으로 버리지 못하는 풍경이 있습니다

누가 기어 다니는 것 같아서 뒤를 돌아보면
아무것도 없겠지만

덜 자란 다섯 시를 깎아 작은 집을 만듭니다
해변에서는 아이들의 눈알이 자라고 있습니다

하얀 잠

선생님, 어젯밤 나는 토끼가 되었습니다. 내가 누는 똥
은 토끼 똥이 되었어요. 딱딱한 똥은 버리고 말랑말랑한
똥은 주워 먹는 흔한 토끼가 되었어요. 눈알이 파랗게 바
래서 어떤 표정은 읽지 못하는 토끼가 되었습니다. 속으
로 버석버석 우는 토끼가 되었어요. 신은 더 똑똑하고 튼
튼한 토끼가 필요했을 텐데. 나는 말라 죽은 믿음만 갉아
먹어서. 소금처럼 하얬던 몸은 점점 검어져서. 멀리서 보
면 동그란 잿더미 같답니다. 귀가 길다고 더 잘 듣는 건
아니지만. 벽을 보고 앉아서도 모든 각도를 읽어낼 수 있
지만.

달의 마음속이 둥글다면, 반쪽이 무너져 내린 이곳은
어디입니까. 나는 늘 나무토막처럼 짧은 잠만 자는데. 끝
과 시작이 이어지지 않는 꿈들은 혼자 남겨졌다는 사실
에 이를 떨면서. 다른 꿈들보다 무서운 장면을 가지기 위
해 세상에 퍼진 악취를 끌어모으고 있습니다. 한쪽 귀가
접히고. 한쪽 귀는 꼿꼿할 때. 은빛으로 반짝이는 침대 위
에서. 별들이 꼼짝없이 터져 죽는 것을 봅니다……

나는 더 나빠질 수 있습니까?

나는, 더 나아질 수도 있습니까?

나는 토끼가 되었으니까. 내가 웃는 소리는 토끼의 웃음소리가 되었고. 뾰족한 꿈에는 뭉툭한 잠으로, 뭉툭한 잠에는 뾰족한 꿈으로 대답하는 흔한 토끼가 되었으니까. 웃는 눈을 찡그리는 눈으로 오해하는 토끼가 되었으니까. 속으로 울면서 깎이는 사과 껍질처럼 아무도 모르게. 비밀을 키우는 토끼가 되었으니까. 신은 나를 빚어 구워놓고도. 나를 믿지 않고. 그저 먼지들의 노래를 들으며 쏟아지는 잠을 맞을 때. 머릿속이 무거워진 달은 나보다 먼저 눈을 감고. 휘청휘청 쓰러지기 시작합니다. 목덜미에 태운 중력보다 진지한…… 선생님은, 나를 믿습니까?

바깥의 사과

꿈이 나를 갉아먹을 때 엄마, 엄마를 부르지만
나와 나의 커다란
괘종시계만이 살아 있는 이곳

시계추는 거실을 서성이며 살 타는 냄새를 풍기고

발들이 반복되는 계단을 번복하는 소리
저녁의 목구멍이 팽팽하게 잠겨오는 소리
흑흑, 흑흑, 눈에 박힌 태엽이 잘 감기지 않는 소리

태연히 몸속을 건너가는 엄마, 엄마를 부르지만
나와 나의 투명한
팔다리가 상상한 모습이 아니어서 그랬니

문이 혼자서 열린다면 안녕, 너도 내가 보이니

물을 뚝뚝 흘리면서 널려 있는 이웃들
발바닥을 내놓고 말라가는 바지들
머리카락을 한 올 두 올 뜯어 먹으며 커지는 개미들

아냐, 한눈에 알아보는 건 가짜 가족
우리는 늘 액자 속에서만 창백하고 검었는데
이불의 겉과 속은 덮는 사람이 정하는 것
썩은 껍질들처럼

자다가 울면 잠꼬대처럼 넘어갈 수 있으니까
그런 얼굴로 나를 기다리면 못써
누구라도 목소리를 따라할 수 있으니까

아냐, 우리는 아직 아무도 입지 않은 옷
밀려난 얼굴 위로 똑같은 얼굴이 겹쳐진다면
어젯밤 누군가 성냥 한 개비를 던졌기 때문에
잠 속에서 몸집이 커다래진 시간은 깨어나지 않아

그렇다고 아주 살아 있는 것도 아닌
문고리는 곧 살금살금 돌아갈 테지만

가려운 일요일

"물구나무서서 기도합시다
소원이 반대로 이루어집니다"

바삭하게 잘 마른 낮이었고

엄마는 화장실 바닥에 쭈그려 앉아
다 큰 선풍기를 씻기고 있었다

사람이랑 똑같이 무겁네
검은 때가 밀리네

그때, 누군가 문을 두드렸고
그것은 눈부시도록 하얀
신이었다

어깨 뒤로
힘차게 펄럭이는 빨래들

잘못 찾아온 택배처럼

우리 집에서 나가지 않고
반평생을 먹고 잤다는 이야기

이것은 비밀스럽고도 거룩한
은총에 대한 기록이다

"손이 발이 되도록 비십시오
발보다 손이 더욱 더럽습니다"

냉장고에 붙은 자석이
혼자서 떨어졌을 것이고

신에게서는 늘 파스 냄새가 났을 것이다
가끔 아빠, 하고 부르면
얼룩은 빠르게 자라났을 것이다

나는 매일 밤 신의 등을 주물렀다
왠지 너무 딱딱해서
손바닥 힘을 길러야 했고

엄마는 매일 밤 신의 등을 두드렸다
반짝이는 사랑이 쏟아져 나왔고
주먹은 점점 더 단단해졌다

믿고 말고의 문제

속으로 우는 법을 배웠을 때
신은 벽으로 스며들기 시작했다

우리는 눈물을 줄줄 흘리며
벽에 대고 절을 하였다

"천국이 코앞에 있습니다
최소한의 마음만 견디면 됩니다"

착한 것을 믿으면 착해진다고 했다

창밖에서

착한 사람들이 착한 사람에게

돌 던지는 것을 보았다

물고기아파트

아이들은 훔치는 법을 말보다 먼저 배웁니다 반짝이는 진주알을 삼키며 무럭무럭 자라납니다 할머니의 포근한 보석함 속입니다 아흔아홉 개의 창문 아래로 아침이 내려오면 변기 속으로 출근하는 고모의 고모의 고모들이 있습니다 코의 모양이 다른 삼촌의 삼촌의 삼촌들이 있습니다 발톱으로 밥을 짓는 며느리의 며느리의 며느리들이 있습니다

할머니의 우묵한 손바닥이 돌아오는 시간……

경첩이 삐거덕거리며 잘 익은 기도의 냄새를 풍깁니다
얼굴 없는 아버지들은 지룩한 반죽이 되어갑니다
아이들이 흐물거리는 저녁처럼 나란히 누워 아가미를 뻐끔거립니다

할머니는 어머니를 세탁기에 넣고 돌립니다 아이들의 비늘이 차륵차륵 팔락입니다 배 속에서 순한 눈망울들이 빛을 끄고 말라갑니다 물속에 부엌이 사그라지어 집이 타기만을 기다리던 아버지들이 주저앉습니다 무거워진

어머니를 끌어내려 자근자근 밟아가는 저녁입니다 어머니가 덜 자란 어머니를 콸콸 토해내고 있습니다

아이들은 딱딱한 말을 누며 천장에 가닿기 시작합니다 어머니는 보라색 혓바닥을 헹구고 자장가를 불러줍니다 녹지 않는 잠 속에서 조그만 어머니가 기어옵니다 아이들이 어머니의 귓속에 물방울을 불어줍니다 옹알이로 만든 계단은 외따로 이어져 있습니다

거품이 차오른 복도가 보그르르 잊힙니다 할머니는 발을 비비며 신발장이파리옥반지 회초리혓바닥사파이어반지 식탁보귀신금반지 고양이선인장오닉스반지 뱀허물성경에메랄드반지 불가사리달력다이아몬드반지를 줄줄 외우고 있습니다 부드러운 포대기를 털면 알록달록한 알약들이 사방으로 쏟아집니다

할머니의 불룩한 주머니가 돌아가는 시간……

아이들은 사라지는 법을 빛보다 먼저 배웁니다 몰캉몰

캄한 눈알을 굴리며 마구마구 재빨라집니다 어머니의 따뜻한 기억 속입니다 아흔아홉 개의 창문 아래로 밤이 올라가면 어머니는 아버지를 낳고 아버지는 할머니를 낳고 할머니는 보석들을 낳습니다 성긴 별들이 흐릿해집니다 아이들은 자장가를 타고 네모의 바깥으로 헤엄쳐가고 있습니다

엄마와 캉캉을

밤의 캄캄을
늘어난 구두를 돌려 신고서
발끝을 부리처럼 킥 킥

점처럼 작아진 세상에서 큰 마음과 작은 마음이 부딪힐 때
입보다 먼저 눈을 막는 사람들을 봅니다

큰 새는 반대쪽으로 날개 꺾는 법을 모릅니다 눈이 펑펑 내리면 비틀어진 둥지 속에 숨어 노래를 부릅니다 멀리 떠나고 싶었던 기분과 장래 희망 같은 건 잊은 지 오래입니다 달과 해의 단면을 바꾸기 위해 달력 뜯는 일은 그만둡니다 배꼽 위로 반짝이는 깃털은 아직도 파르르 자라고 있습니다만

햇빛 아래 푸드덕푸드덕 익어가는 달걀처럼
어떤 세계는 조금씩 갈라지고 있고

어떤 말들은 퍽퍽하다는 걸 알면서도

노랗게 뭉쳐 뱉어내고

　주름진 것들로부터 멀어지십시오 오늘의 시계 침은 역방
향이므로 펜을 쥔 남자가 나무에 매달려 있으므로 너무 깨
끗한 손들은 마주치지 말고 피하십시오 북쪽에 머리를 두고
자면 다른 딸들보다 일찍 일어나 새로운 죽음을 알릴 수 있
습니다 보름달은 하늘이 잘못 뚫어놓은 구멍이므로 동쪽을
향해 엄숙하게 오줌을 누십시오 그때 양탄자의 찌푸린 눈썹
을 구체적으로 기억하십시오 서쪽에선 어린 바오밥나무들
이 목을 내놓고 당신을 기다릴 것인데 오늘의 운세는 방금
갱신되었으므로 남쪽은 아무 말도 없을 것

　그러나 작은 새는 극장에서 흘러나온 빛을 부수기 시
작할 것입니다 눈알들을 깜빡깜빡 쪼아 먹고 구름의 뒤
편은 무지개색으로 칠해 알록달록한 비를 내릴 것입니다
빨간 신호등이 어슬렁거리는 숲을 지나 춤의 바깥을 향
해 날아갈 것입니다 아직도 행운의 색깔은 작은 새, 행운
의 숫자는 큰 새의 일입니다만

우리가 발을 구르며 잠시만 멀어질 때
엄마는 엄마 이전으로 돌아갈 수도 있었습니다

밤의 캉캉을
눈부신 죽음을 나눠 입고서
발끝을 송곳처럼 킥 킥

가만히 얼음칸

내일이 어제로 바뀌는 동안
내일도 어제도 내 것이 아닌 동안

친구들은 은빛 돌고래로 변해갔지
착하게 반짝이고 있으렴, 가만히.

파도가 열리고 거짓말이 투명해지는 동안
질문을 심은 자리에 소문이 자라는 동안

나는 나와 나를 데리고 노랑 속으로 들어가
열여덟처럼 부어오른 귀를 씻을래
여름도 구름도 되지 않고
기울어지는 햇빛만 주워 담을래

교실이 거꾸로 뒤집어지는데
쏟아지지 않는 우리들은 왜일까?

너는 너와 너를 데리고 노랑 속으로 들어가
스물처럼 오지 않는 토요일을 찢으렴

이름도 부름도 되지 않고
우리를 꼭 닮은 물결만 일으키렴

새로운 물방울들을 자랑하고 싶은 생일

촛불을 불기엔 너무 검은 성냥이야
어른들은 아직 말릴 수 없어서
봄을 봄으로 바꾸느라 젖은 것뿐이야
우리는 우리가 거의 다 됐는데

내일이 어제로 바뀌는 동안
내일도 어제도 내 것이 아닌 동안

나, 마사코는 생각합니다

추운 날에는 추워서
더운 날에는 더워서
밖으로 나가지 못한다고 생각합니다

작은아이의 방 안에는
큰아이의 옷이 널려 있습니다

처음부터 네번째 발가락이 없었는데
자꾸만 왼쪽으로 굽어지는 골목

문지방 위에 앉아 미신을 생각하는
발톱을 깎으며 쪼그라드는
자매들이 있었는데

나, 마사코는 대답합니다

더운 날에는 덥게 태어나서
추운 날에는 춥게 태어나서
쓸모를 몰랐기 때문이에요

큰아이의 이불에는
작은아이의 꿈이 조금 묻었습니다

먼지가 쌓인 집 안은 조용합니다
매일 쓸고 닦고 노래하지만
다시 춤추고 넘어지고 제자리를 모르는
발가락들이 가지런해질 때

거실과 화장실의 이름이 바뀌었지?
타일의 무늬와 눈이 마주쳤지?
거꾸로 달린 전등은 언제 집을 나갔지?

나보다 먼저 늙어버린 질문들이 있습니다

정수리 위로 한 올 한 올 눈이 내립니다
오래전 다 커버린 기억이
침 흘리며 딸랑이를 흔듭니다

나는 아직 자라고 있는 발가락입니다
새장 속에 빠진 깃털입니다
에나멜 구두의 뒤축입니다

이름이 기억나면, 잠 밖에서 웅크리는
새로운 생일을 정하고 싶은
챙이 커다랗고 빨간 겨울입니다

맏딸은 감나무에서 떨어져도 맏딸입니다

어제보다 가벼워진 세계가
세탁기처럼 흔들리고 있습니다

언덕 위의 목폴라 소녀들

검은 가방 메고 하얀 양말 신고
매일 아침 여섯 시
우리는 언덕 위로 모입니다

한 줄로 엎드려뻗쳐
신나게 두들겨지면서
우리는 어제보다 단련됩니다

몸들은 왜 아직 작아서
저 아래 마을에서는 토끼처럼 보이고

동그라미 없는 설문 조사가 시작되면
짝꿍을 적으로 간주합니다

날짜 지난 우유 팩이 가방 속에서 터져도
귀밑 삼 센티처럼 가지런하게
발 맞춰 걷습니다

날개가 제일 말랑말랑해

늙은 코끼리가 다녀가면
교실에서는 부활절 달걀 냄새가 나고

십자가처럼 팔을 들어올리면
겨드랑이에 칭찬 도장을 받습니다

이것은 우리의 자랑

갈수록 커다래지는 멍을 은폐합니다
가족에게 정체를 발설하지 않습니다
성실하게 임무를 수행합니다

그러다 보면

철봉이 햇빛에 그을립니다
운동장 가운데가 불룩해집니다
모래 가루는 바람도 없이 흩날립니다

지하실로 들어간 이름들이
출석부에서 하나둘 지워지고 있습니다

날아오던 흰나비가 이마에 부딪혀
나동그라집니다

나는 그런 종류의 죽음을
똑바로 바라보는 일을 좋아했지요

종이컵에서도 고구마 순은 잘 자랍니다

등혜엄

파파는 파파파······ 울면서 어항 속으로

파파의 쪼그라든 위를 식탁 아래 흐르게 두고
노란 밥풀을 흘리는 나,
조금은 불쌍한 소녀일까나
조금만 마려운 기척을 지웠더라면

4인용 식탁은 반원이 되지 않을 것

꽁무니에 가느다란 똥을 달고 나아가는
부끄러움을 모르는 지느러미의 기분
너희들은 표정을 잃어버려서 아무래도 괜찮습니다

장롱 문이 혼자 열리고 혼자 닫힐 때까지
물푸레나무가 파자마 뒤에서 끼럭끼럭 녹아내릴 때까지
자꾸만 코로 물 마시는 소리가 났으므로

파파는 파파파······ 울면서 어항 속으로

파파의 삐끔거리는 목소리를 수화기 바깥에 두고
먹구름들과 끝말잇기를 하는 나,
조금은 미련한 소녀일까나
조금만 살아 있는 날씨를 기억해내고

모퉁이를 돌면 말을 거는 돌멩이가 있을 것

묽은 파라핀에 넣으면 불어나는
반투명한 손가락으로 태어나고 싶은 기분
건강해지기 위해 굳어가는 것들은 아무래도 지겹습니다

파파파…… 물속에서 자는 잠은 짭짤해

뒤집어진 파파의 등을 쪼아 먹는 나의 얼굴
생의 착잡함을 알아버린, 그럭저럭 헛것 같은

돌아오려면 어디서부터 잘못된 이야기

가나다순으로 파도를 타는 물의 등
숙인 목은 부드럽고
치켜드는 목은 빳빳하지

우리들의 정수리를 한 개씩 한 개씩 비추며
두 명씩 다섯 명씩 겹쳐 부르기도 하는
등대의 불빛은 다정해

출석부 속에서 나는 왜 단서가 될까
나는 왜 나일 때만 목소리가 갈라지는 걸까

책상은 웃고 나는 너에게 코를 묻는다

출발선 다음에 출발선이 나오는
천장과 바닥이 뒤바뀐 교실을 돌고 돌면서
그만두겠지만, 그만두고 싶겠지만

소문 속에서 파랗게 질린 우유의 기분을?
위아래를 모르는 동그란 시간표를?

신문지로 닦아도 지워지지 않는 손자국을?

밤의 등대는 까만 넥타이를 들어
부드럽게 볼을 쓸어내리지
아무런 낌새도 묻어 나오지 않는
하얀 것들은 그대로 멈추고

무릎 꿇고 손을 번쩍 들어 올리는 동안
우리들은 어느새 흰머리가 되어
웃지 못하는 흰 뺨과
그보다 흰 마음에 대해 반성해

일렁일렁 솟아오르는 아지랑이가 아니라
휘파람 부는 개나리들의 입술이 아니라
여전히 발을 잃어버리는 중인 골목이라
피어나는 질문들을 오므리는 바람이라

봄이 오는 기척에도 서둘러 녹아내리는 얼음들은
햇빛의 기분을 모르겠지만, 모르고 싶겠지만

입속에서 웅웅웅, 멀어지는 아침의 맛을?

밤새 이어 붙여도 한 조각이 남는 칠교를?

아직도 불리지 않은 기다란 목들의 이름을?

벤다이어그램

친구들은 한 개씩 한 개씩
펜스 속으로 들어갔다, 사라져버려

땅거미가 어슬렁어슬렁 기어 나오고
나무들이 어둠을 먹고 커다래지는 곳에서
내가 기다림의 모범생이 될 때까지
엉덩이가 전부 납작해지도록

요크셔테리어는 등 뒤에서 왕왕 짖지만
돌아보면 운동장처럼 아득해
오늘은 특별히
빨간색 티셔츠를 입어서 그럴까

이 시간에 개를 보는 사람은 아무도 없다는데

저기에서 거기까지 누가 달려가고
철봉에는 덜 익은 야구공이 주렁주렁 열리고
아무나 코뼈가 부러지고

우우우 함성 소리 더 크게

우우우 무서워 더 크게

교집합, 내가 짜 먹고 버린 물감

친구들이 두 개씩 다섯 개씩
어른이 된 채로 돌아와버려

늙은 왕에게 인사 차렷 경례
자, 이제 어른들과 친해지도록
언제 그랬냐는 듯
사이좋게 캐치볼을 하렴

거기에서 여기까지 누가 달려오고
수백만 개 함성들이 머리통을 후려치기 시작하고
누구나 구경꾼 혹은 아저씨가 되고

우우우 웃음소리 더 크게
우우우 무서워 더 크게

나는 몰래

야구를 사랑하는 개들의 모임
숙녀를 보이콧하는 딸들의 모임
짖는 법을 잊어버린 인간들의 모임을 만든다

빨간색을 무서워하는 개는 한 마리도 없다는데

한 아저씨가 배트를 쥐고
한 아저씨의 호두알을 부수기 시작하네
한 아저씨는 물컹한 야구공을 토해내고

동그라미 알레르기가 있었지만
다 옛날 일

누구나 어릴 적이 있었고
다 옛날 일

늙은 왕은 모두 알고 있지
앞으로도 그럴 거지

셀로판의 기분

숲의 바깥

손잡이로 보이는 것을 당기자 그것은 손잡이가 되었다. 입구에는 접다 만 코딱지가 깔려 있다. 성가신 구름들이 아이들을 하나씩 뱉어낸다. 때 이른 진눈깨비처럼. 버섯을 모르고 밟은 표정처럼. (그러나 버섯의 표정 같은 건 아무도 모른다.) 아이들은 세상에 등장하자마자, 랜덤으로 배정된 나무에 아무렇게나 매달린다. P는 손차양을 만들어 올려다본다.

무서움을 몰랐다면 좋았을 텐데

발바닥 아래로 축축하고 물컹한 얼굴들이 만져진다. 누군가 닮은 흙이다. (쉬는 시간 종이 울렸으므로 밟고 지나간다.) 갈라지는 빗소리에 귀를 막는다. 하얀 부리들이 푸드덕거리며 정수리를 쫀다. 머릿속이 울리는 소리를 듣는다. 토해도 모를 만큼 진흙에 얼굴을 자꾸자꾸 문질러야 한다. 아이들의 웃음소리는 먼 미래까지 전해진다. 나무들은 똑같이 웃는다. *조금 더 크게. 조금 더 세게. 조금 더 얄밉게.* P는 손나팔을 만들어 외친다. *모두 자리*

에 앉으렴.

돌멩이 읽는 방법

돌멩이는 응축된 세계처럼 조용하다. 아이들은 돌멩이를 핥거나 겨드랑이 사이에 끼우며 논다. 이 나무에서 저 나무로, 저 나무에서 그 나무로 껑충껑충 뛰어다닌다. P는 쉴 새 없이 손뼉을 친다. (슬프게도, 마주치면 소리가 나는 것들이 있단다.) P는 숲에 이르기 전의 얼굴을 묘사한다. 아이들은 P의 이름을 검색하기 시작한다. 수백 개의 나뭇잎들이 얼굴 위로 쏟아진다. 내달리거나 손을 들거나 잠을 잘 때도 옆모습인 아이가 묻는다. *선생님은 어제 시인이었어요?*

숲의 내부

아이들은 점점 불투명하고 커다래진다. 나뭇가지에서 삐걱거리는 소리가 난다. 하나둘 무게를 버티지 못하고 땅으로 뛰어내린다. 아직 투명한 아이가 입을 벌리며 썩은 이를 세어달라고 한다. P는 두 개라고 대답한다. (아이는 거짓말, 거짓말, 거짓말. 세 번 말한다.) P는 다섯 개라고 대답한다. 아이는 얼어붙듯 순식간에 불투명해진다. P의 발등에서 파란 버섯이 자라나기 시작한다. 서둘러 발을 땅에 파묻는다. 나무들은 여전히 웃고 있다. P와 아이들은 빠르게 땅속으로 스며든다. 비가 눈알 위로 떨어진다. 누군가 우는 것처럼 보인다.

*

돌멩이의 #데일리 오늘의 수업은 P를 기다리는 일로 시작되어 끝난다.

떨고 있는 숲을 달래기 위해 모르는 전생 이야기를 들려준다.

나른한 눈꺼풀로 #셀피 한 장.

미로처럼 뻗어 있는 기분을 걷고 걸어 아무도 찾지 않

는 #우리집 도착.

오늘도 눈물 한 방울 흘리지 않고 슬픔을 해치우신 #용사님.

오늘의 #레시피

1) 아이들의 웃음소리를 해동시킨다.

2) 잘 말린 크레파스를 설탕에 졸인다.

3) 1과 2를 냄비에 넣고 잘 으깨준다.

4) 해가 질 때까지 젓는다.

5) 마음이 노릇노릇해지면 복습한다.

#숲스타그램 밤의 셔터를 올린다.

P가 돌아오지 않는다.

아이들의 신발이 작아진다.

천천히, 숲의 털이 선다……

밤의 팔레트

노랑과 옐로는 언니였다가 누나였다가
원피스를 바꿔 입다가 넘어지기도 하지
그런 언니는 이미 샀는데
그런 누나는 이미 옷장에

물방울무늬야 착하지
동그라미는 동그라미인 척도 잘하지
무지개보다 레인보우에 가깝다는 이야기
만져보면 비슷할 수도 있어

견딜 수 없는 색깔을 골라보자
수염 난 축구공이 굴러간다
보건실에서 몰래 기다리는 짝꿍
남자애들이 웃으며 뺑뺑이를 타는 동안
지그재그 반복되는 재채기

생일에는 가족사진을 다시 그릴 수밖에
아무도 귀가 없어서 다행이야

노랑과 옐로는 너무 많은 밤을 오렸다
성별이 다른 별을 꿰매는 건 위험해
우리는 틀린그림찾기처럼 조금만 달랐는데
왜 아들은 두 글자일까

살아 있는 물방울들은 방금 다 외웠어

나와 언니를 섞으면 하얗게 된다
나에게 누나를 바르면 까맣게 된다

내가 나를 동그랗게 벗고 굴러간다

3부

거울의 시니피에

나는 지나칠 수 없는 색깔

입 밖으로 뱉으면 썩기 시작하는 약속

모래밭에 이름을 적다가 부러진 나뭇가지

두 손을 모으지 않고도 빌 수 있는 기도

광장 한가운데 분수처럼 솟아오르는 입맞춤

새들의 농담에도 웃지 않는 신호등

뒷걸음질 치다 밟은 햇빛의 발

페인트칠이 덜 마른 기침

눈 마주칠 때마다 멈춰 서는 시계

해가 뜰 때까지 천천히 젓는 호박죽

누군가 기다리는 13월의 생일

인사를 건네려고 펼친 손가락이 욕이 되는 곳에서

나 같은 사람이 둥글게 모여 있는 곳으로

순한 머리들은 점점 감정을 가지게 되고

세상이 오돌토돌하게 보이기 시작하고

점점 타원처럼 불룩해져서

찌그러진 침묵이 되어가고

안으로 몸을 말면서 단단해지고

둥글게 살자는 말을 멀리 굴려 보내고

용기를 한 올씩 모아 빗자루를 만들지

닮은 뒤통수는 우리라고 불리고

우리는 이렇게 정수리로 숨을 쉬고

한 번쯤

당신의 어깨를 치고 지나갈 수 있다면

이곳에서 뒤를 돌아보는 건

당신의 머리 하나

몇 시의 샴

왠지 몇 시에 나는 내가 되고 싶어 나에게서 떨어져 나간 단면이 파랗고 축축하다면 여름도 여자도 아닌 얼굴을 나눠 입고 싶어 **파란 피는 어디에나 흐르고,** 어디에선 굳어가고 아직 깨어 있는 우리들은 아주 옅은 방식으로 숨을 쉬겠지 자세히 듣지 않으면 살아 있는지 아무도 모를 거야

그것이 우리가 살아가는 방식

잘 봐

그것이 우리가 죽어가는 방식

나는 우리가 느끼는 감정을 응원해 모두들 눈 코 입을 가질 수 있을 때까지 오늘도 싸우고 구르고 부딪히겠지만…… 보통 사람들은 이 시간에 잠을 자고 아이를 씻기고 물건들에게 이름을 붙여주고 사이좋게 빨래를 널고 물에 밥을 말아 먹고 매일 다른 색의 말을 누고 머리 위에 하늘이 있었다는 걸 자주 잊어버리고 자주 울지 않게

되고 그렇게 그렇게 시시한 어른이 되는 보통 삶을 꿈꾸고 있겠지만······

있잖아, 보통이란 뭘까

＊

우리들은 모두 살아 있어서 달이 뜨면 영혼이 숨처럼 부풀어 오르지 외로울 때마다 등을 맞대고 가지런히 누워서 우리가 충분히 부풀어 오르려면 아직 멀어서 너희들의 언어를 배우려고 그랬지 때때로 누군가 이곳을 다녀가고 배 위에 머리카락이나 말린 꽃 같은 걸 놓아두는데······ 왜일까? 나를 지우고 다시 쓸 때마다 밤은 반대로 돌아누워서 내가 드디어 묵음이 되어서

＊

너는 너의 그림자를 핥는다
하루 종일······

그게 얼마나 까만지도 모르고

빨고 뱉고 마시고 토한다
하루 종일……

나는 그림자에게 축축한 비밀을 말해주지만
너는 나에게 아무것도 알려주지 않지

다만 너는 너의 뒷면을 핥는다
하루 종일……

그게 얼마나 더러운지도 모르고

빨고 뱉고 마시고 토한다
하루 종일……

그것이 우리가 이해하는 방식

잘 봐

그것이 우리가 사랑하는 방식

무지개 판화

여기 한 사람 있습니다
여기 한 사람이,
더 있습니다
우리가 되었습니다 우리는
사랑합니다 사랑해도,
괜찮지요 사랑해도
괜찮아요? 사랑할 수 있습니다
사랑 없으면 사랑 없어요?
사랑 있어서, 한 사람 됩니다

안개는 잡은 손 안에서 단단해집니다
언 날개 털며 바람 속으로 뛰어드는 번개처럼
굶주린 나무들에게 기꺼이 뒤섞이는 새처럼

아침, 바지춤을 환하게 적셔줍니다
튼튼한 물만 거두어가는 그늘
점점 쪼그라드는 이마 몰라보면서

잊습니다, 한 사람은 늘

페달 밟던 종아리만 기억합니다
기침하는 척 몸을 울립니다
램프 없이는 알던 길도 잃습니다

한 사람은 한 사람의 곁에서
잠들고 싶답니다 그뿐이랍니다
더 있답니다 거기 두 사람이,
우리들이 되었습니다 우리들은
미워합니다 미워해도,
괜찮아요 미워해도
괜찮지요? 미워할 수 있습니다
미움 없으면 미움 없어요?
미움 있어서 우리들은⋯⋯

동그란 콧구멍이 가엾답니다
언니도, 형도 아닌, 한 사람은
젖은 구름 반으로 갈라
한 입, 두 입 태어나는
파랑 노랑 아이들 기다린답니다

캄캄한 과일들의 씨는 외로우니까
입을 맞추자 맞추자구요

때때로 견뎌내지요? 한 사람은
뒷걸음질보다 먼저, 입술 밖으로
꺼내지 않고도 들켜버리는
황급히, 늙어버리는
검은 입들은 모두 어디로 가지요?
모두 젖어 있지요? 검은 잎들은,
비가 그치면 한 음, 두 음
눌러보자 눌러보자구요

사랑합니다 사랑해도,
괜찮지요 사랑해도
괜찮아요? 사랑할 수 있습니다
사랑 없으면 사랑 없어요?
사랑 있어서 저기 세 사람이,
다정하게 혓바닥을 퉁기며
느릿느릿 섞이어갈 때

손끝에는 고양이 수염 같은
일곱 개의 줄이 남았습니다

타원에 가까운

정원을 반 바퀴 도는 데 두 계절

당분간 입에서 풀냄새가 나도 괜찮니?
잘 봐, 기대와 실망을 한 군데에 심으면 얼마나 잘 자
라는지
무른 말에도 잘 베이는 나뭇잎들은 어떻게 초록인지

구멍 난 하루를 걸치고 나서는 산책
흰 조랑말들의 발자국이 만든 밤은 길었어
나와 친해진 것들은 하나같이
어두운 곳에서 잘 얼었지

뾰족한 얼음들을 재워놓고
내가 나인 것을 참아보기로 했어
칭찬을 한 잔 마시고 싶거든
기다란 혀를 감추고 정확하게 웃어봐

너의 끝과 나의 끝은 일직선으로 달라질 수 있어
너무 넓어서 슬픈 정원은 형용사가 될 수 있어

이별은 한 마디의 음절만 가질 수 있어

우리를 한 군데에 심으면 누구부터 시들까?
아무렇게나 자란 마음에게는 차가운 물이 좋아
소심한 게 아니라 섬세한 거야
같은 시옷인데 우는 얼굴이 더 깨끗하지

너를 절반만 이해하는 데 네 계절

나의 위와 너의 아래를 묶고 기다리자
완전한 우리가 될 때까지
우리의 애칭은 늘 그런 식이지
잡초. 멍청이. 잡초. 돌연변이.

워터라이팅

물 한 방울

인간은 마지막 임무를 위해 먼 어제로 돌아왔다. 천장에 붙어 잠을 기다린다.

바닥, 천천히 돌아누워 파도를 일으킨다. 한 알 남은 마음이 서성서성 녹아가는 방 속,

창밖에 머리 하나 내놓고 거짓말을 해본다. 사과 모자 엄마 수염, 거리가 울린다. 둔한 빗방울보다 먼저 지워지는 이름. 또박또박. 기침은 혼자서 솔직하다. 사탕 같은 마차들 자석처럼 붙어 있다. 도로의 뼈가 다시 맞춰지는 것처럼. 모자 수염 사과 엄마, 발 젖는다.

물 두 방울

지하로 끌려가 새로운 생김새를 물려받는다.
한국 사람들이 한국말을 한다.
서로 사랑하지 말라는 뜻으로 흰밥을 지어준다.
인간은 다 된 머리를 빠뜨린다.

다정한 석고상들 누워 있다.

천사가 꿀꺽, 시간을 삼키시니.
테이블 아래 환한 똥이 흐른다.

"어디선가 물 떨어지는 소리가 나는군요."

눈꺼풀을 꼭 잠그길 명하시니.
더러운 기억에도 침이 고인다.

"아직도 침대를 찾아 떠도는 혓바닥들이 있으니."

죽은 쥐들의 이름을 계이름처럼 외우는, **천사는 재미있다.** 쓸 줄 아는 게 다른 나라의 욕밖에 없는, **천사는 재미있다.** 나무 밑에 묻은 약속처럼 앙상하게 짖는, **천사는 재미있다.** 지어낸 먹구름을 기다리는 인간이, **천사는 재미있다.** 모든 천사는 끔찍하다* 믿는 인간이, **천사는 재미있다.** 마려운 척 배를 부여잡는 천사가, **인간은 재미있다.**

물 일곱 방울

몽타주 들고 숨바꼭질을 한다. 총 들고 미소를 당긴다. 등 뒤에서 틀린 비밀번호를 속삭인다. 잔디밭에 빛을 풀어준다. 현관을 잃어버리고, 동전을 잃어버리고, 콧구멍을 잃어버리고, 주머니 속에 남은 뼛가루를 만지며, 뭉툭한 어깨들을 치고 다니며, *pardon, pardon……*

탑이 멀리서 반짝인다. 달리는 인간. 덜 마른 빛의 정서로. 강에 비친 나무가 몰래 흔들린다. 그림자는 점점 멎는다. 이내 멀어지는 인간. 물 밖으로. 죽은 자들의 머리가 튀어 오른다. 영원을 약속하는. 물고기들의 통통한 배.

천사는 밤의 뒤척임이 식기를 기다린다. 인간의 다리 사이에서 감정을 배운다.
누구든 쉽게 울릴 수 있는 초인종처럼. 오늘도 새로운 장난감을 갖기 위해 울지만.

물에 잠긴 방은 위로 추락한다. 더 높이,

자꾸만 가벼워져서, 달아나는 뒤통수보다 찌그러져서,
세계는 몸을 울려서 울고.

물 한 방울

천사의 캐리어에서 나쁜 냄새가 난다.

* 라이너 마리아 릴케,「제1비가」에서.

언니의 잠

언니, 이 도시는 추한 표정을 숨기고 있어

내 이름이 외자였다면 우리는 세 글자가 되었을까
식물들이 병실에 남은 유령을 모조리 무찔렀을 때
그림자의 실패담을 이해할 수 있게 될까

천장에서 보라색 싹이 트고
뿌리가 내리고
서성거림이 복도를 감시하고
뺨에서는 더운 나라의 냄새가 나겠지만

언니, 너를 생각하면 남는 건 무서운 꽃말

우리는 서로를 의식하면서
주춤주춤 몸을 흔들면서, 안심하면서
끊임없이

그곳이 어디든

서로가 서로에게 비주bisou를
서로가 서로의 기다란 링거를 메고

(언니는 언니의 오른쪽 뺨을 읽는다)

언니, 우리의 성이 조금씩 스러지고 있어

세 글자, 두 글자, 한 글자……
순서대로 깨뜨리는 빛
밤이 오면 또 다른 밤이 죽는 것처럼
우리는 결코 서로를 이기지 않네

코끼리는 코가 긴 것들을 알아보거든
우리의 어제는 환한 통유리 속에 전시될 것이고
진화가 끝난 말들은 코를 말고 잠들겠지

언니, 너를 잃으면 남는 건 나무들의 앙상한 구레나룻

우리는 서로를 의식하면서

주춤주춤 몸을 흔들면서, 안심하면서
끊임없이

그곳이 어디든

서로가 서로에게 커밍아웃을
서로가 서로의 기다란 총을 메고

(언니가 언니의 왼쪽 뺨을 핥는다)

오모homo를 발음하면 옹on이 되는*

우리들의 사랑은
나처럼 말하고, 나처럼 잠자는
사람일 때의 이야기

나누어 주고 싶어서 더 많이 가지고 싶을 때
몇 다발의 혀를 고아 수프를 만들었지
물크러지도록, 말이 앞서지 못하도록

숫자 0을 한글로
on on을 거꾸로
20살을 소리 내어 읽어보세요

훌라후프를 아무리 돌려도 지치지 않는 오후
지구는 둥글다고 믿는 사람과 자꾸 걸어 나가면
우리는 하나의 엇갈림으로 이어질 수 있겠지

여섯번째 혓바닥을 넣고 냄비 속을 저으면
누가 먼저 사람 냄새를 풍길까

다만 천천히 해가 망가지고 있을 뿐

우리들의 사랑은
나처럼 말하고, 나처럼 잠자는
사람일 때의 이야기

이해하고 싶어서 더 깊이 오해하고 싶을 때
누가 앉았다 간 그루터기를 쓰다듬곤 했지
안심하도록, 온기가 가시지 못하도록

사람을 불어로
주둥이를 표준어로
이제 틀린 문장을 골라보세요

햇빛을 삼킨 저수지가 핑크색 트렁크를 입고 한여름의
수족냉증을 앓고 있었다 밤말을 듣는 손톱은 감기 걸린
벼룩과 두꺼워진 구름의 띠를 핥느라 바빴고 콧속에서
딱딱해지는 죄들이 국자를 타고 그림자를 쫓아갔다 평
생 천장밖에 모르는 바닥이 슬펐지만 나는 이별 위에 땅

콩버터를 발랐다 비둘기의 서열을 정해주던 바람들은 무너지는 겨울 속으로 아삭아삭 고꾸라졌는데 내가 개미를 아무렇지 않게 죽이게 될 때까지 무슨 일이 있었을까

　　찌그러진 해가 우리를 쳐다보고 있을 뿐

　　오모 사피엔스
　　오모 사피엔스 사피엔스

　　그러므로 우리는 횡단보도에서 태어날 수 있는 존재들

*　　파스칼 키냐르, 「혀끝에서 맴도는 이름」(『혀끝에서 맴도는 이름』, 송의경 옮김, 문학과지성사, 2005)에서.

홀로그램

너는 하루 종일 썰고 있지
차갑고 딱딱한 감정을
도마는 불쌍해, 아주 불쌍해
눈물을 줄줄 흘리면서

눈과 입술이 반대라니
끼릭끼릭 웃음을 참고 참다가
불이 닿기도 전에 끓는 주전자

우리 집에는 우리가 살았고
유령 같은 구름 한 점 없었는데
대문 앞을 지나가는 이웃들은
소금을 끼얹고 잠든대

엎드려서 일어날 줄 모르는
이런 접시에는 무엇을 담지
그런 그림자는 아무도 안 사 가고

미안해 미안해 오늘은 햇빛처럼

여러 가지 각도를 가져서
해가 돌아눕도록 가만히 두어서
까마귀들이 손등을 쪼는 동안

침대보가 펄럭이며 머리를 덮으면
눈보다 먼저 구두를 엎어둬
세상에 비슷한 발들은 많으니까

너는 하루 종일 꾸고 있지
싱겁고 납작한 꿈을
우리는 깨끗해, 아주 깨끗해
눈물을 줄줄 흘리면서

절대로…… 미안하다고 말하면 안 돼
미안해할 사람이 없는데
미안하다고 말하면
용서를 받아야 할 것 같고
용서를 받으면
이해를 받아야 할 것 같고

시시한 일이 무서워지고

그런 칼이 아니었는데
그런 자세가 아니었는데

아직 꿈속이구나?

그만 일어나자, 타는 냄새가 나
너는 자고 나는 머리를 흔들지
흔들고 흔들면 몸속에서 누가
먼저 흔들리는 것 같아서

연기 속에서 목소리가 졸아든다
잘못 빨고 잘못 말린 스웨터처럼
순서를 잘못 배워서
뒤늦게 잘잘못을 따지는 사람들처럼
그럼에도
서로를 껴안는 날실과 씨실처럼

절대로······ 괜찮다고 말하면 안 돼
괜찮아도 되는 일이 없는데
괜찮다고 말하면
용서를 해야 할 것 같고
용서를 하면
우리가 졌다는 미신이
정말 사실이 되고
시시한 일이 무서워지고

그럴 사람이 아니라니
그런 믿음은 잘 썰리고

나의 검은 천사
그렇게 말하려다 말고
나는 너를 쓰다듬는다
너의 뒤통수, 동그란 뒤통수를

우리 집에는 우리가 당연히 살았는데
아무도 나오지 않으니까

몸이 조금 차가워지고
뒤를 돌아보게 돼

나는 아직도 코가 막혀서
누가 방 안을 들여다보고 있어서
우리만 한 동그라미를 빼면
세상은 까맣게 그을릴 수 있겠지만

방바닥에 모르는 접시들이 누워 있네
나는 여기에 앉아
밥도 먹는다

요절한 여름에게

편백나무가 날아오르는 시간
당신은 그대로 숲을 향해 걸어가

첫번째 돌에 표시해둔 나를 지나쳐
마치 갈림길에서 힌트라도 쓸 것처럼
척척함과 약속은 잘 어울려
더듬더듬 목구멍 들춰 어둠을 만지듯이

나는 오늘 가지색 인사법을 배웠고
카나리아를 내년 귀퉁이에 묻어주었지
철제로 된 새장이 무엇을 책임져?

날개 터는 방법을 잊어버렸어 어쩐지
뾰족한 부리는 당신의 피상
나는 오늘 도도한 레몬처럼 거절했고

편백나무의 날숨은 뿌리를 놓치는 것
배 속이 잠시 투명해지는 그런 것
내가 따뜻한 흙을 퍼 먹는 동안에

당신은 그대로 숲을 향해 걸어가

새끼손가락을 주머니에 넣고
어제로 통하는 길을 잘 안다는 듯이
그러나 모르는 발바닥처럼
하늘을 지나치게 올려다보며

우리는 절벽을 잊어버릴 수 있어

똑똑한 버섯들은 어떻게 우는지 들어봐
조금씩 해가 길어지고 땅이 흔들리고
당신은 그대로 숲을 향해 걸어가

빙하의 다음

울상을 짓기도 전에 얼어버리는,

    눈송이를 모아서 무엇을 만들 수 있을까

오늘은 우산을 잊어버렸어 어제도 그랬고 그제도 그랬지 잃어버리기 위해 다음을 준비했어 접었다 펼치면 튀어 오르는 물방울처럼 다음의 다음을 다음의 다음다음을…… 아니, 준비만 해서는 안 됐어 기지개 켜는 법을 떠올리려고 걸었어 얼어붙은 풀장처럼 뚱뚱해진 거리에서 속옷 위에 겉옷을 겉옷 위에 속옷을 입은 사람들이 엉덩방아를 찧으며 미끄러진다 옆 사람의 목도리를 잡아당기면서 서로의 뒤통수에 대고 악을 써

좋았니? 좋았어?

보라색 아침이었어 보타이를 맨 쥐들이 다락까지 몰려왔거든 나는 아무도 입지 않은 웨딩드레스처럼 잔뜩 구겨져 씨 없는 포도를 껍질째 삼키고 있었지 쪽창 밖으로 파리한 나무들이 둥둥 떠다녔어 남의 집 티브이 속에서 누가 대신 울어주길 기다리면서 지금 울리는 전화벨은

여기의 것인가, 저기의 것인가 눈알을 굴려봤자 눈보라
가 지나가면 기억하는 채널은 씻은 듯이 사라졌어 전파
를 지우면서 내리고 날개를 지우면서 또 내리는, 저것들
은 다 뭘까

하얀 지점토로는 지구도 만들고, 사람도 만들 수 있다

정말이지? 손바닥 두 개를 모으면 둥근 방이 되니까
수도꼭지에 대고 깨끗한 물도 받을 수 있으니까 만약에
우리의 손안에서 북극곰이 태어난다면…… 작았던 눈 뭉
치가 구르고 굴러서 마당에 심은 나무보다 커다래져서
울타리를 부수고 다닌다면 나는 폭신한 이불 속에서 꼼
짝없이 당하고 있을래 부드러운 건 어쩐지 무섭지 오늘
의 놀이는 모두 끝났단다 우리가 만든 덩어리는 대답이
없고 너는 차라리 입속에 더 따뜻하고, 더 두꺼운 솜을
넣어주겠지

손등에 닿기도 전에 녹아버리는,

눈송이는 너무 착하기만 해

오늘은 기분을 잃어버렸어 어제도 그랬고 그제도 그랬지 잊어버리기 위해 다음을 준비했어 당겼다 놓으면 날아가는 화살처럼 다음의 다음을 다음의 다음다음을……아니, 준비만 하지는 않았어 우는 아이를 찾는 사람처럼 이리저리 흔들렸지 더 추웠던 날과 덜 추웠던 날을 구분하지 못하는 풍경처럼 두리번거리며 우리는 자꾸만 몸에 맞지도 않는 거짓말을 껴입고 하얗게 질린 도시보다 비대해져서 서로의 뒤통수에 대고 악을 써

좋았니? 좋았어?

핑퐁 도어

투명한 네트를 치고, 몸집만 한
라켓을 쥐었지 빨강 보라 초록을 치고,

환하게 질려가는 너를 보며
오래 좋았지, 몸 밖으로 오독오독
김 오르는 공을 누어보았지

자는 척하면서 구름을 짜는
척하면서 구정물을 뒤집어쓰는 척
하면서, 아무렇게나 이기는 사람도 있지

아니,

말이 되는 말만 해야지, 말 같지도
않은, 말은 바닥에 나동그라지니까 더는
말리고 싶지 않으니까 말을,
말기로 해야지, 던진 적도
없는데 돌아오는

　　　　　　　　　　　　아니,

반대편에는 열차와 무관한
구경꾼들, 노란 선을 넘어선
엉거주춤 기린과 눈이 마주쳤을 때

기린의 자세를 배웠으므로 나는
유리에 몸을 밀착했을 뿐
하얗게 붙었다가 떨어지는 숨
어두운 돌멩이 속으로 돌아간다 믿었을 뿐

발 빠짐 주의
발 빠짐 주의

아, 다르고 어,
다른 너, 다른
나, 다르고
기대하는 공은 따로,
있고 기대는, 공을

부풀리고 공은 냄새가,
나빠지지 점점 더……

허공에서 재와 연기가 지루하게 달라붙고 있다
열차는 이제 그만 열차가 되고 싶다
철로가 지루하게 아랫배를 세우고 있다
눈 코 입 흐려진 시간이 손바닥 위에 놓여 있다, 늘어
진 채

구름의 상한 머릿결이 부럽구나
건강한 찻잔, 건강한 웅덩이
건강한 촛불, 건강한 입꼬리가
좋구나

나는 무슨 사람일까 나는,
바깥에서 잠드나, 나는 거의
웃음소리가 벽을 통과하나, 때때로
공을 주우며 무게를 생각하나, 나는
차가운 손을 숨기나 뒤로

웃으면 웃는, 것인가
울면 우는 것인가 뒤로
걸으면서 보폭을 기억하는
나는, 무슨 사람일까 나는

너의 속에서 지내는 동안
맞는 열쇠가 없어서 떠나면
돌아올 수 없었다, 경악하는 구멍들
멀리 얼굴 검은 언니들
범퍼를 갈고 있다 여기는 우리,
집이 아닙니다

잠든 얼굴을 쓸어내릴 때마다 이렇게
시시한 것일까 죽은, 사람의 벌린 입은

생일 초처럼 켜져 있는 간판들
땀에 전 이불보처럼 우리는
재채기를 하자 이긴 사람에게
축하를 빌어주며

콧속으로 세상을 깊이 빨아들이면
우리는 오래, 오래 행복했습니다

내가 사랑한 죽음들은
감은 눈을 보여주었다
순순히

닮은 사람

잔 속 얼음이 녹으면서 땀을 흘린다
유리로 지어진 숲에서

각설탕 같은 연인들
두 개씩 진열되어 있다

자주 고르던 메뉴는 사라졌고
점원은 다른 얼굴이다

물걸레로 바닥을 미는 바람에
두 발을 든다

너는 빨대처럼 끄덕이며
내가 고르는 노래를 얌전히 듣고 있다

한 곡이 1분도 안 되어서 지루해진다
이런 기분으로는 무리겠지

안경을 쓰고 나를 내려다본다
고개를 저을 때마다 불룩한 빛에 눈이 찔린다

"인간은 혼미할 때 진짜 모습이 나온대"

묻지 않은 것을 미리 대답할 때
다 쓴 영혼은 몸을 박차고 나가
테이블에 마주 앉는다

납작한 마음을 굴절시켜 읽는다
떨어져 나간 나를 되감는다

"세상이 너무 잘 보여서 싫어"
"너무 다 알지 마"

너는 아까부터 웃으면서 훌쩍이고 있다

손끝으로 코끝을 꾹 누르면
갈라진 뼈.

이것만은 닮지 않았다

오래전 퇴화한
세계의 끝을 만지는 기분으로

한 번에 하나만 했으면 좋겠는데

벽 틈새로 수풀이 우거진다
의자와 테이블이 서로를 껴안고 있다
바닥이 촘촘하게 미끄러워진다

"어떤 사람들은 여기서 사랑을 나누기도 한대"

그러니까 사랑해, 속으로 말하면
마치 목소리를 들은 사람처럼 끄덕이는 것

안경을 벗고 나를 올려다본다
둥치처럼 낮아진 정수리가 말갛다

내가 낳은 아이 같아.

결과적인 검정

나는 거의 이방인의 기분을 벗어났다 이곳의 아침은
매일 조금씩 무너지고 있다 눈물을 참던 해바라기가 냉
동실 속에서 얼어간다 멀쩡한 기분을 갈아엎는 드릴이
있다 온순한 이마들이 땀을 버리며 지나간다 하얀 소문
이 아스팔트 위에서 눈 흘기며 말라간다

우리가 0이 될 수 있는 가능성은?

뒤축이 무뎌진 너의 신발을 신고 너처럼 걸어보았다
잠깐 네가 된 것 같아서 내 이름을 불러보았다

홀라후프를 목에 걸고 달려오는 아이들이 있다 엄마
의 기분은 무슨 도형일까 없는 아이의 이름을 고르자 무
릎으로 기어가자 세모처럼 질문하자 아무것도 되지 말자
먹고 싶지 않을 때는 먹지 말자 하지만 먹고 싶을 때 언
제나 먹을 수 없음을 알자 너의 무정과 나의 무질서를 닮
은 그런 아이는 태어나지 않는다

셔터를 잘못 누르기까지 걸리는 시간은?

이름이 끝까지 불리기 전에 멈춰 선다 꼭짓점을 향해 구르며 어느 곳에도 도달할 수 없는 별처럼 터져간다 너는 나보다 먼저 죽고 싶다고 말한다 나는 너로 너는 나로 섞일 수 없고 나는 나로 너는 너로 끝없이 가까워지기만 할 때 우리는 매력적인 오답처럼 웃는다

오늘은 가장 젊은 날이라고 부르자 아니 쫓아가자 어제는 긴장 속에서 떨자 아니 늙은 날이라고 부르자 내일은 도망가자 아니 편해지자 세상에 첫번째 물방울이 떨어지기 직전에 엉킨 가발을 벗어던지자 티브이 속에서 늙지 않는 퇴마사와 눈이 마주치기 직전에 너의 잘못에 대해 생각하자 여러 겹의 손자국이 묻은 얼굴로 나의 잘못에 대해 생각하자

찰칵
동그라미와 동그라미가 겹치면 나는 소리

모든 햇빛이 나를 발견한다

어두운 쇼윈도에는 머리부터 발끝까지 검정 인간이 서
있다

매그놀리아

먼저 길을 잃어버리는 사람이 먼저 떠나는 산책을 하자. 목줄 풀린 마음이 시계탑 아래로 굴러가 돌과 돌 사이로 스며들어. 둘이었던 돌은 둔하게 따뜻해져서. 내내 한 덩어리였던 것처럼 굴어서. 깜빡깜빡 두 칸씩 건너뛰게 만들었지.

서서 잠드는 동안 나는 천천히 상해갔어. 조금도 일그러진 적 없는 이마 위에서. 처음이자 마지막으로 빗방울에게 뺨을 맞은 사람이 되고 싶어서. 오늘부터 나무와 벤치와 흐르는 발들이 알맞게 자라는 곳을 공원이라고 부를까. 부르지 않아도 저만치서 달려오는 아이들이 있고. 어디선가 말라가는 개똥이 있고. 나는 이미 썩어버린 나뭇잎과 이제 썩어가는 나뭇잎을 반으로 갈라놓을 뿐.

다리 사이가 잼처럼 끈적끈적해질 때까지. 외톨이였던 매미는 끝의 끝까지 남아. 여름으로부터 뒷걸음질 치며 울고. 방금 완료된 껍질들만 나무에 매달려 타, 타, 타, 타, 타 배를 두드리고 논다. 무너지는 생각만으로도 무너지는. 우리는 우리 직전에서 멈추는 걸음일까. 주소를 잘못 찾아온 사람이 문을 두드리는 것처럼 비가 내리고.

납작한 영원 속

돌아서는 등짝을 보며 자란 벽들은 이를 갈면서 기다리잖아. 말갛게 웃는 얼굴로. 서로의 정강이를 걷어차는 연인들을. 약속을 어긴 돌탑이 와르르 무너지는 순간을. 구르는 마음에도 이끼는 돋아나고. 휴지 위에 편지를 쓰면 보드랍게 찢어지는 구름 떼. 지금 흐르는 건 땀인지 침인지. 네 뺨 위에 떨어진 건 아무 말도 아니라고. 나는 묻는다.

왜 병든 가로등처럼 목을 떨어뜨리고 있니? 목련은 누가 밟아주어야 밤을 피울 수 있다고 말하면 누가 밟기 전에도 이미 밤이라고 말하는. 너는 매일 바위를 내밀고. 나는 매일 가위를 꺼냈지. 네가 뾰족한 번개를 업고 쫓아오면. 나는 천둥보다는 늦게 달아나. 이상하지? 웃을 때 이가 너무 많이 보여서. 지지도 이기지도 않으려고. 너는 웃는다.

여름 서정

어느 골동품 가게에서 우리는 만난다
내가 사려던 반지는 너의 손가락에 꼭 맞는다

따라붙은 시간이 등에 매달려 떨어지지 않는다
눅눅한 바람을 가르며 숨 가쁠 때까지 달리고 달린다

"모든 게 끝장날지도 몰라"

무너져 내리는 계단에 앉아
너는 루쉰을 읽고 나는 프레베르를 읽는다

버리는 것 없는 부랑자의 도시에서는
죽어도 이해할 수 없어서 더욱 아름다워지는 것들이
있다

미묘하게 새는 발음과 풀벌레 소리가 마침
멈췄다가 다시 읽는다

장마 기찻길 위스키 개의 숨소리

개나리 돗자리 병아리 유리 항아리……

어두운 극장 안에서 우리는 만난다
아무도 웃지 않는 장면에서 웃다가 머리를 부딪히고

주먹보다 두꺼운 감정은 처음이야
내 안은 돌멩이로 가득 찬 줄 알았는데
찰랑찰랑 물소리가 나

그곳이 넓어지는 여름
그곳이 조금씩 필사적으로
깊이를 가지게 되는 여름

우리는 한 세기를 건너가고 있어서
볼에 이르는 진동을 느낄 수 있지만

순한 애인을 나누어 가져서
가끔은 기쁘지 않다

손가락에 난 점을 세어본다
한 그루 두 그루, 너도 다 알잖아

눈부신 여름 안에서
다만 조용한 사랑이 지속되었다

브로치 같은 비밀을 가슴에 달 때마다
초록색 혓바닥이 돋아났다

플라타너스처럼 무성하게
쏟아지는 햇빛

무지개가 나타났다

첫번째 커튼을 열면 마지막 커튼이 서 있다

비스듬히 누운 것처럼
아니, 납작 엎드린 것처럼

종이로 만든 덤불을 구분할 수 있습니까
새를 사랑하는 새총을 사용할 수 있습니까

처음으로 열린 커튼은 두번째로 열린 커튼과 다르다

먼지는 먼지의 연대기를 만들고
물방울은 물방울의 자매를 만들고

나는 나의 길어진
그림자와 가위바위보를 한다

모르고 혀를 씹은 얼굴처럼
손바닥 안에 남은 손톱자국처럼
사람 같은 비둘기의 눈동자처럼

불편하게

커튼을 닫는 손, 식은땀을 흘린다

삶이란 번호가 그려진 달걀이다

너 다음에 나
나 다음에 너
다시

너 다음에 너
나 다음에 나
다시

누군가 맨발이다
종이를 찢고 들어온다

밥 먹고 사는 게 어떻게 쉬울 수 있죠?

내가 나인 게 어떻게 쉬울 수 있죠?

영혼의 냄새를 맡는 사람이
고양이의 꼬리를 믿는 사람이
밤에 가장 바빠지기 때문에

모든 중력이 모든 빛을 거두기 시작했다

이 코트와 구두와 양말은
무지개를 위해 제작되었습니다

이 코트와 구두의 양말에게는
성별도 나이도 국적도 필요하지 않습니다

물방울들은 건강하게만 자라주세요
다만

우리가 온순하기를 기대하지 마십시오

빛은 빛의 이름을 부르고
높낮이가 다른 빛들은 조금씩 환해져서
내일의 부스러기처럼 투명해져서

자세히 들여다보면 삐뚤빼뚤한 모양이 있어요

너는 나를 닮았어, 나를 닮은 게
미울 때도 있었지만 지금은 아니야

우리는 팔레트 위에서 뒤섞입니다

우리를 구성하는 물질은
번개, 콧물, 그리고 약간의 촛불

아니,

우리를 구성하는 마음은
어금니, 돌멩이, 그리고 커다란 사랑

물방울들은 똑같아 보이지만 모두 다릅니다
그것을 다행이라고 생각하십시오

주인공은 맨 마지막으로 사라지는 법

준비, 하는지도 모르게
준비, 등장할 때를 기다리던

무지개가 나타납니다

웃음소리는 먼 미래까지 전해진다

박상수
(시인, 문학평론가)

1. 어떤 시절의 기분과 세계로부터

강혜빈의 첫 시집을 읽으며, 나는 침대 속 정물처럼
고여 있던 시간을 떠올린다. 촘촘하고 정성스럽고 구석
구석 다채로운 파란색 무늬들을 따라가면 마치 작은 꿈
을 연속으로 꾸는 것처럼 신기하고 행복하지만, 그럼에
도 '존재를 인정받지 못한 자의 근원적인 슬픔' 같은 것
이 스며든 그림들을 들여다보는 기분에 사로잡힌다. 한
결같은 마음으로 자신을 사랑할 수는 없었던 때, 그건
사실 나의 문제가 아니라 세계의 기준이 잘못됐기 때문
이라고 당당해지기도 하지만, 이내 아무것도 할 수 없
을 거라는 막막함에 빠지고는 했던 어떤 시절. 또 어떤
날은 아무렇지 않은 척 세수를 하고, 옷을 챙겨 입고 에

코백을 멘 채 밖으로 나간다. 그렇게 태연하게 사람들을 만나서 이야기를 나누고 열심히 일에 몰두하면서, 살짝 웃기도 했다가 가끔 손을 놓고 다른 곳을 본다. 누군가 감정선을 살짝 건드리기만 해도 툭 터져버릴 것만 같은 눈빛과 마음으로. 그 마음이 결코 이번 시집의 엔딩은 아니지만 출발점은 될 수 있을 것 같다. 그런 시절의 파란색. 아니 블루. 블루라고 말해야 할 것 같은 어떤 시절의 기분과 세계.

2. 잘 봐, 이것이 우리가 살아가는 방식

이런 구절에서 시작해보면 어떨까. "선생님, 어젯밤 나는 토끼가 되었습니다. [……] 눈알이 파랗게 바래서 어떤 표정은 읽지 못하는 토끼가 되었습니다. 속으로 버석버석 우는 토끼가 되었어요. [……] 나는 더 나빠질 수 있습니까?/나는, 더 나아질 수도 있습니까?//[……] 신은 나를 빚어 구워놓고도. 나를 믿지 않고"(「하얀 잠」). 강혜빈에게 유년은 하얀색의 이미지로 상기되는 것 같다. 시집 안에서 '하얀색'은 이상하게도 죄 없이 미움 받는 존재를 암시하는 것처럼 느껴진다. 유년의 자기 이미지라고 할 수 있는 이 토끼가 인상적인 것은 실은 '파란 눈'을 가진 특이한 토끼이기 때문이다. 빨간 눈을 가진 일반적인 토끼와 자신이 다르다는 인식은 "나는 더

172

나빠질 수 있습니까?/나는, 더 나아질 수도 있습니까?"
라는 독백이자 기도로도 이어지는데, 이 문장은 특히나
유년의 화자가 자신의 상태를 '더 나아질 수 없는' 쪽으
로 자각하던 시절이 있었음을 아프게 증명한다. 나를 만
든 '신'조차 나를 믿지 않는 상황이라면 과연 이 세계에
서 누가 나를 믿어줄 수 있을까,라는 슬픔이 오랜 잔상
을 남긴다. 이처럼 유년의 기억을 다룬 2부의 어떤 시편
들은 하얗게 쏟아지는 여름의 빛 속에 혼자 서 있는 것
처럼 우리를 아프게 한다. 그렇다. 나는 강혜빈의 시를
읽으며 툭 터져버릴 것만 같은 쓸쓸한 눈빛과 누구에게
도 가닿지 못한 마음에 대해 먼저 생각했던 것이다. 또
한, 이를테면 이렇게 아픈 시. 그게 전부는 아닌 어떤 시.

　왠지 몇 시에 나는 내가 되고 싶어 나에게서 떨어져 나
간 단면이 파랗고 축축하다면 여름도 여자도 아닌 얼굴을
나눠 입고 싶어 **파란 피**는 어디에나 흐르고, 어디에선 굳
어가고 아직 깨어 있는 우리들은 아주 옅은 방식으로 숨을
쉬겠지 자세히 듣지 않으면 살아 있는지 아무도 모를 거야

　그것이 우리가 살아가는 방식

　잘 봐

나는 우리가 느끼는 감정을 응원해 모두들 눈 코 입을
가질 수 있을 때까지 오늘도 싸우고 구르고 부딪히겠지
만…… 보통 사람들은 이 시간에 잠을 자고 아이를 씻기고
물건들에게 이름을 붙여주고 사이좋게 빨래를 널고 물에
밥을 말아 먹고 매일 다른 색의 말을 누고 머리 위에 하늘
이 있었다는 걸 자주 잊어버리고 자주 울지 않게 되고 그
렇게 그렇게 시시한 어른이 되는 보통 삶을 꿈꾸고 있겠지
만……

있잖아, 보통이란 뭘까

—「몇 시의 샴」 부분

자신을 닮은 애인과 둘이 누워 있는 방을 떠올리게도,
자신의 분신과도 같은 우울한, 또 다른 자신과 샴쌍둥
이처럼 붙어 있는 장면을 떠올리게도 만드는 작품이다.
‘나는 다르다’는 자의식의 충족을 위해 평균적인 보통
의 삶을 경멸하는 것은 편리한 일이지만 그런 삶을 사는
것이 결코 만만한 일은 아니라는 것을 우리는 이미 알고
있다. 또 누군가에게는 그 보통의 삶이 간절한 소망이
되기도 하며, 동시에 그것은 분명 무난한 어른이 되는
일임을 아예 부정할 수도 없다. 이 간단치 않은 삶에 대

한 감각은 인용 시에서 특히 '파란 피'라는 고딕체 글자를 눈여겨보게 만든다. 이번 시집에서 가장 인상적으로 모습을 드러내는 파란색은 유년의 '파란 눈알'에서 지금의 '파란 피'에 이르기까지 화자의 정체성과 주요 심리 상태를 상징하는 색임을 이해할 수 있다. '파란색'은 그것 자체로 '(일반인의) 붉은 피'와 구별되는 특별한 상징이기도 하면서, 어쩐지 'blue(우울한)' 상태의 자신을 지칭하는 단어처럼 보인다.

이렇게 복잡하게 우울한 날, "우리들은 아주 옅은 방식으로 숨을 쉬겠지 자세히 듣지 않으면 살아 있는지 아무도 모를 거야" 같은 구절을 읽을 때의 마음도 아프지만 "*그것이 우리가 살아가는 방식//잘 봐//그것이 우리가 죽어가는 방식*"이라는 구절을 읽을 때, 왜 이 말이 그렇게도 슬프게 느껴지는지 거듭해서 손가락으로 문장들을 쓰다듬게 된다. 우리가 살기 위해 치러야 할 수모 때문에 살아 있음은 반쯤은 죽어가는 일이기도 하다. 하지만 그런 뻔한 말로는 다 설명되지 않는 감정들. 내가 여기 있음을 잊지 말라는 묵직한 항의들. *잘 봐. 잘 봐*…… 그러니까 여기에는 '자신'을 포함하여 '우리'라고 인식하는 존재들에 대한 연대감과 우리를 이해하지 못하는 세계의 폭력성에 대한 항의가 동시에 존재한다.

화자는 어떤 시기까지도 여전히 '눈 코 입'을 가지지 못하는 삶을 살아왔던 것 같다. "나의 기형은 내가 나

인 것"(「그림자 릴레이」)이라는 슬픈 말처럼 존재 자체
를 '기형'으로 인식하게 되는 어떤 사람은 그래서 더더
욱 자신을 감출 때가 많고, 반대로 드러내고 얼굴을 갖
기 위해서라면 보통 사람 이상으로 매일 싸우고 부딪히
는 삶을 살아야 하는 것이다. 이것이 전부는 아니다. 인
용 시의 후반부가 이렇게 이어지고 있음을 우리는 알고
있다.

다만 너는 너의 뒷면을 핥는다
하루 종일……

그게 얼마나 더러운지도 모르고

빨고 뱉고 마시고 토한다
하루 종일……

그것이 우리가 이해하는 방식

잘 봐

그것이 우리가 사랑하는 방식
———「몇 시의 샴」 부분

종일 우울을 "빨고 뱉고 마시고 토"하는 '자신', 또는 '우리'에 대한 환멸과 후반부의 자기 파괴적인 묘사에 이르러 앞서 읽었던 *"그것이 우리가 살아가는 방식//잘 봐//그것이 우리가 죽어가는 방식"*이 *"그것이 우리가 이해하는 방식//잘 봐//그것이 우리가 사랑하는 방식"*이라는 구절로 변주되는 순간을 눈여겨보자. 살아가고 죽어가는 일이 이해하고 사랑하는 방식으로 전환되는 여기에는 '파란 피'로 대표되는 자신의 존재성과 우울감을 어떻게든 잘라내고 끊어내는 것이 아니라 그것과 뒤섞여 살아갈 수밖에 없음을 받아들인 자의 수긍과, 부조리한 세계에 대한 질타와, 그럼에도 불구하고 이게 다는 아니어야 한다는 결기가 느껴진다. 분명 이 문장에는 자기 파괴적인 그림자가 드리워져 있지만, 끝내 스스로를 사랑하는 데에까지 도달하려는 고투의 흔적 또한 새겨져 있다. 어떤 문장은 도달했기 때문에 쓰는 것이기도 하지만 도달하려고 쓰는 것이기도 하다. 두 개의 힘이 작동하여 무언가를 쓰고 난 뒤에 우리의 삶이 조금 방향을 틀었다는 것을 사후적으로 발견하게 될 때 우리는 시를 쓰고 읽는 일의 기쁨을 만나게 된다. 3부에 실린 이 시를 먼저, 길게 읽은 이유는 자신의 삶을 '죽음'에서 '사랑'으로 전환하려는 사건 하나가 여기에 숨어 있기 때문이며 이 테마가 이번 시집을 이끌고 나가는 중요한 힘이기 때문이다.

3. 무지개의 수신호와 색감에 관하여

다채로운 사랑에 눈 밝은 사람이라면 어렵지 않게 알아챘을 터이지만 이번 시집에는 유독 '무지개'에 대한 이야기가 많다. 무지개는 성소수자, 혹은 성소수자의 프라이드를 상징하기도 한다. 그런 의미에서 강혜빈의 시집이 일반적인 차원의 존재 부정과 슬픔에 관한 시가 아님을 인식하는 일은 중요하다. 이렇게 보자면 1부 두번째로 등장하는 「커밍아웃」이라는 시가 단순하게 읽히지는 않는다. 화자는 "날짜가 지난 토마토"의 상태로 자신을 감각하지만 밖으로 나갈 때는 그런 "물컹한 표정"을 냉장고에 넣어둔다. 그럼에도 사랑하는 사람과의 포옹은 끝없이 자신을 "더 낮은 곳으로" 옮겨 가게 만들고 그렇게 감출 수밖에 없는 존재성과 사랑에 대한 갈증으로 "아무도 모르는 놀이터에서 치마를 까고 그네를" 타는 행동을 하기도 한다. 여성으로 태어났다고 해서 당연히 치마를 입어야 하는 것은 아니다. 여성으로 태어났다고 해서 당연히 이성애자 여성이 되는 것도 아니다. 하지만 호모포비아가 여전히 강력한 지배 규범인 세상에서 '치마를 까고 그네를 타는 일'은 아직 혼자서밖에 할 수 없는 행동이며, 혼자가 싫어 아이들과 함께 어울리다 보면 그것은 그대로 다시 자기 존재에 대한 짙은 이물감을 만들어낸다. 이상하게 배가 아픈 것 같고, 그래서 웅크리게 되고…… 그러다 보면 잘못한 것도 없으면서 차라리 "더러워질까"라는 자학적인 생각에 빠져들기도 하는 것이다.

> 아무도 모르게 놀이터에서 치마를 까고 그네를 탔어
> 미끄럼틀과 시소의 표정
> 낮지도 높지도 않는 마음을 가지자
> 혼자라는 단어가 낯설어지면
> [……]
> 뉴스는 토마토의 보관법을 알려주지 않는다
> 설탕에 푹 절여지고 싶어
> 사소한 기침이 시작된다
> 내 컵을 쓰기 전에 혈액형을 알려줄래?
>
> 옷장에서 알록달록한 비밀이 흘러나와
> 자라지 않는 발목 아래로, 말을 잊은 양탄자 사이로
> 기꺼이 불가능한 토마토에게로
>
> ──「커밍아웃」부분

결국 어디에서도 날짜가 지나 축축해진 토마토를 보관하는 방법을 알려주는 곳이 없다는 말은 퀴어한 존재로서 오랫동안 혼자 고민해야 했던 시간, 답을 얻을 수 없었던 시간들에 대한 비유적 표현으로 보는 편이 옳다. "설탕에 푹 절여지고 싶어/사소한 기침이 시작된다"는

말은 더 이상 자기 존재를 부정하지 않고 아주 사소한 기침으로라도 자신의 존재를 알려나가고 싶다는 다짐이 아닐까. 결국 마지막 연, '옷장에서 알록달록한 비밀이 흘러나오는 장면'은 이제 '클로짓(정체성을 밝히지 않고 숨어 지내는 성소수자)'으로만 남아 있지 않겠다는 선언이다. 더 열심히 자라고 끝내 제대로 말할 것이며, 세상이 정상성의 범주 안에 속한다고 규정한 '(가능한) 토마토'로만 살지 않겠다는 결심이라고 바꿔 말할 수도 있겠다. 두드러지게 외치는 센 목소리는 아니지만 이쪽에 관심이 있는 사람이라면 어렵지 않게 알아챌 수 있는 당당하고 분명한 톤으로 말이다. 그냥 읽으면 비유적이고 암시적인, 일반적인 시편들로 보이는 작품들이지만 조금만 섬세하게 결을 가다듬어 읽어내자면 이미 곳곳에 알록달록한 무지개의 수신호와 색감 들이 가득하다고 바꿔 말할 수도 있겠다.

이 대목에서 생각해볼 것은 강혜빈의 시가 주류 사회의 커버링 요구를 일정 정도 수용하면서도 그것에 균열을 내고 그것을 넘나드는 방식으로 자신만의 독특한 시적 스타일을 만들어내고 있다는 점이다. 켄지 요시노는 그의 책 『커버링』에서 자기 삶의 경험을 토대로 동성애자의 삶에서 목격되는 3단계의 고투에 관해 정리한 바가 있다. 첫째, 지금 이 모습이 아니라 이성애자가 되려고 애쓰는 '전환conversion'의 단계이다. 둘째, 자기 스스로는 동성애자임을 받아들이지만 다른 사람에게는 이 사실을 숨기는 '패싱passing'의 단계이다. 하지만 이것이 끝은 아니다. 둘째 단계를 통과하더라도, '네가 원한다면 오픈리 게이로 살아. 하지만 너무 티 내지는 마'라는 주류 사회의 요청을 수용하여 끊임없이 스스로를 관리하며, 소위 '낙인'이 두드러지지 않도록 많은 노력을 기울여야 하는 상황이 이어진다. 이와 같은 셋째 단계의 고투가 바로 '커버링covering의 단계'이다. 저자는 자신 또한 '커버링을 하는 동시에 티를 내면서' 자신의 정체성을 다듬어왔다고 말한다. 즉 주류 사회의 커버링 요구를 '점진적으로 극복'하면서 비로소 자신이 동성애자인 것이 순간적인 '상태'가 아니라 지속적인 '삶'임을 받아들이게 되었다는 것이다.[1]

4. 구분하면서 뒤섞기, 점진적으로 극복하기

그런 맥락에서 강혜빈의 이번 시집은 이 세 단계의 역사를 생생하게 보여준다고 말할 수 있다. 각각의 단계는 한 작품 안에서도 뒤섞여 있어서 이것을 명시적으로 구분하는 일이 큰 의미가 있는 것은 아니다. 다만, 대략의

---

1   켄지 요시노, 『커버링』, 김현경·한빛나 옮김, 민음사, 2017, pp. 38~39, p. 142 참조.

이해를 위해 정리해보자면 유년을 다룬 2부가 상대적으로 '전환의 단계'에서 겪을 수밖에 없었던 상처와 고투를 두드러지게 드러낸다면 현재를 다룬 1부의 시편들은 '패싱'과 '커버링' 사이에서의 고투를 보여준다고 할 수 있겠다. 그리고 3부를 포함하여 시집 전반에서는 '커버링'을 수행하는 동시에 그 제약과 경계를 넘어서려 고민하는 시편들이 등장한다. 이 세 단계의 싸움은 강혜빈의 시적 상상력이 어떤 방식으로 구현되는지 유추해보는 일과도 맞닿아 있다. 벽장에서 나와 커밍아웃을 한 뒤에도 공개적으로 성적 지향을 부각시키지 말고 퀴어 정체성의 자제를 위해 노력하라는 무수한 압력 속에서, '드러내지만 너무 티 내지는 않는 방식'은 분명 '차이의 표현'을 자제하라는 주류 사회의 강력한 억압의 결과이다.

하지만 강혜빈은 그것을 부분적으로 수용하되, 시 안에 등장하는 각각의 풍경이 '차이'를 지닌 채로 독립적으로 존재하고 있음을 증명이라도 하듯이 세세하게 구분해내고 개별 디테일의 형상화에 힘을 쏟는다. "물방울들은 똑같아 보이지만 모두 다릅니다"(「무지개가 나타났다」)와 같은 구절에서도 알 수 있듯이 똑같아 보이는 것들의 '차이'를 구분해내는 일에 열심이고, 앞선 인용시의 '날짜가 지난 물컹한 토마토'라든지, "축축한 것들은 우리를 배신하지 않아"(「Bonne nuit」)에서도 확인할 수 있듯이 '단단한 상태'가 아니라 '물컹한 상태'를 선호하여 서로 다른 것을 충분히 섞일 수 있게 만드는 판을 깔려고 한다. 또한 "나와 언니를 섞으면 하얗게 된다/ 나에게 누나를 바르면 까맣게 된다"(「밤의 팔레트」)처럼 자신에게 내재한 소위 여성적 성향과 남성적 성향 모두를 인정하면서 완전히 다른 것으로 보였던 색깔이 다채롭고 둥글게 섞일 수 있는 '팔레트' 위의 붓질을 꿈꾸기도 한다.

'구분하면서 뒤섞기'라고 할 만한 이런 감각적 지향성 때문에 강혜빈의 어떤 작품들은 일종의 수수께끼처럼 느껴지는 것도 사실이다. '구분하면서 뒤섞기'를 기반으로 강혜빈은 실체를 있는 그대로 환하게 드러내기보다는 비유적으로 숨기고 암시하면서, 그것과 연결된 감정들을 촘촘하면서도 풍부한 이미지로 세심하게 '구별'해내며, 차근차근 채색하여 이리저리 섞어놓기를 좋아한다. 우리는 강혜빈의 시를 읽으며, 어떤 때에는 비슷해 보이는 것들이 세세히 구별되는 장면과 만나고, 또 어떤 때에는 전혀 반대의 것들이 나타났다가 뒤집히거나 뒤섞이는 순간들을 만난다. 다시 말하지만 이런 것들은 단순히 미적 선호의 결과가 아니라 자기 정체성에 대한 자각과 주류가 자신에게 강제한 부정적 규정을 용도 변경해내려는 의지, 패싱과 커버링 사이의 끊임없는 타협과 갈등, 그리고 가시화의 전략이 경합하면서 구성해낸 개

성적인 상상력이자 스타일로 이해하는 편이 옳을 것이
다. 이를테면 다채로우며, 슬프면서도 사랑스러운, 이런
시도 있다.

정원을 반 바퀴 도는 데 두 계절

당분간 입에서 풀냄새가 나도 괜찮니?
잘 봐, 기대와 실망을 한 군데에 심으면 얼마나 잘 자라
는지
무른 말에도 잘 베이는 나뭇잎들은 어떻게 초록인지

[……]

우리를 한 군데에 심으면 누구부터 시들까?
아무렇게나 자란 마음에게는 차가운 물이 좋아
소심한 게 아니라 섬세한 거야
같은 시옷인데 우는 얼굴이 더 깨끗하지

너를 절반만 이해하는 데 네 계절

나의 위와 너의 아래를 묶고 기다리자
완전한 우리가 될 때까지
우리의 애칭은 늘 그런 식이지

잡초. 멍청이. 잡초. 돌연변이.

　　　　　　　　　　　　　—「타원에 가까운」부분

　나는 이게 어떤 시인지 알기도 전에 그냥 좋아하게 되
었다. 그러니까 곰곰이 알아보고 점점 좋아지는 시가 있
는가 하면 일단 좋아진 다음에 왜 좋은지 생각해보게 만
드는 시도 있는 것이다. 후자에 속하는 시인 「타원에 가
까운」은 애인에 대한 기대와 실망으로 상처받은 화자
가 둘이 만든 사랑의 정원에서 이 사랑이 언제까지 지속
될지 번민하고 아파하는 심리적 드라마를 따라가고 있
다. 아마도 화자는 "내가 나인 것을 참아"가며 애인의 마
음에 맞춰보려 하지만 이미 둘의 관계는 "한 군데에 심
으면 누구부터 시들까"를 생각하는 막막한 상태에 도달
한 것처럼 보인다. 하늘을 향해 던지면 서로 다른 타원
의 궤적을 그리며 땅에 떨어지는 돌멩이처럼 결코 하나
의 원이 될 수 없는 둘의 관계는 그럼에도 "나의 위와 너
의 아래를 묶고 기다리자/완전한 우리가 될 때까지"라
는 마지막 소망을 꿈꾸게 한다.
　일관성 있는 서사로 정리하자면 이렇게 간단한 시이
지만 나는 이 시를 읽으며 "정원을 반 바퀴 도는 데 두
계절//당분간 입에서 풀냄새가 나도 괜찮니?"라는 구절
의 예의 바르면서도 쓸쓸한 유머러스함이 좋았고, "흰
조랑말들의 발자국이 만든 밤은 길었어"라는 문장을 읽

을 때는 반쯤 눈을 감고, 감미로워했다. 흰 조랑말들의 발자국이 만든 밤은 어떤 밤일까, 발자국도 흰색일까, 흰 빛이 남아 있는 밤은 저 멀리까지 얼마나 길고 아득할까와 같은 상상에, "소심한 게 아니라 섬세한 거야/같은 시옷인데 우는 얼굴이 더 깨끗하지"와 같은 대목을 읽으면서는 '이렇게 구별되는 깨끗한 울음도 있을 수 있구나' 하고, 슬프면서도 청량한 누군가의 얼굴을 떠올리는 일에 잠시 몰두해보기도 했다. 무엇보다 "너를 절반만 이해하는 데 네 계절"이라는 말은 '그래서 너무 힘들었어'이기도 하지만 '나머지 절반을 이해하려면 또 얼마나 긴 시간이 필요할까'라는 생각을 불러일으켰다는 점, 그래서 조금 더 안간힘을 써보겠다는 다짐이 잠재해 있다는 점이 안타깝도록 좋았고, "우리의 애칭은 늘 그런 식이지/잡초. 멍청이. 잡초. 돌연변이"로 끝나는 마지막 구절이 잡초 같은 우리의 삶, 바보 같은 우리의 사랑, 그럼에도 돌연변이같이 유일한 우리 둘의 관계를 그 어떤 구구절절한 설명도 필요 없이 간결하고 치열하게 전달한다는 점에서 오래오래 좋았다. 사랑에 관한 한, 강혜빈은 마치 세계의 끝에 자신과 애인, 오직 둘만 남아 있는 것처럼 절망스럽고 달콤하면서도 슬프게 시를 쓴다. 이런 감각이 좋다. 한 편의 시에서도 이처럼 개별적이면서 다양한 구체적 형상과, 이처럼 겹겹의 다채로운 감정이 풍부한 비유적 표현들로 엮여 있다는 것이 신기한 일이다.

186

전체의 완결된 서사를 따라가는 것도 의미 있지만 부분의 독립성과 다채로움을 번거로운 수수께끼로 여기지 않고, 있는 그대로 따로 향유하면서 음미해볼 수도 있는 것이다.

5. 사랑받을 만한 타자에서 동등하고 당당한 주체로

앞서 사랑에 관한 한, 세계의 끝에 자신과 애인, 오직 둘만 남아 있는 것 같은 절망과 기쁨, 그리고 슬픔 안에서 그 감정들을 놓치지 않으려는 듯이 절박하게 시를 쓰는 것이 강혜빈의 특징이라고 말했다. 이것을 선명하게 확인할 수 있는 것은 3부의 시편들에서다. 3부로 깊숙이 발을 들이게 되면, 시적 화자가 정말 간절하게 바라는 것이 바로 '사랑의 미래'임을 선명하게 느끼게 된다. "우리는/사랑합니다 사랑해도,/괜찮지요 사랑해도/괜찮아요? 사랑할 수 있습니다/사랑 없으면 사랑 없어요?/사랑 있어서, 한 사람 됩니다"(「무지개 판화」)와 같은 구절을 읽으며, 사랑이라는 일이 시적 화자에게 선사하는 충만한 기쁨이 어떤 것인지 충분히 상상해볼 수 있다.

뿐만 아니라 카페에서 애인과 소소한 대화를 주고받으며 "내가 낳은 아이 같"다고 가만히 좋아하는 모습(「닮은 사람」), 나를 지나쳐 당신이 편백나무 숲 저편으로 한없이 걸어가는 모습을 보며 슬퍼하는 장면(「요절한 여름에게」), 끝내 '너'와 섞이지 못한 채로 어긋나서, 결국 무너지는 심정의 '검정 인간'이 되어버린 장면(「결과적인 검정」)들까지, 강혜빈의 시적 화자는 일상을 이어가고, 사랑하고, 갈등하고, 또 혼자 남겨졌다가, 다시 사랑을 꿈꾸기도 하는 입체적인 삶을 살고 있음을 확인한다. 그러다가 "주먹보다 두꺼운 감정은 처음이야/내 안은 돌멩이로 가득 찬 줄 알았는데/찰랑찰랑 물소리가 나//그곳이 넓어지는 여름/그곳이 조금씩 필사적으로/깊이를 가지게 되는 여름//[……]//눈부신 여름 안에서/다만 조용한 사랑이 지속되었다"(「여름 서정」)는 구절에 도착하면 어떻게 이토록 근사하면서도 감미로우며, 조용하지만 눈부신 사랑이 있을 수 있는지 잠시 놀라게 된다. "눈부신 여름 안에서/다만 조용한 사랑이 지속되었다"는 문장을 여러 번 읽으며, 찰랑찰랑 물이 차오르는 소리를 상상하며 미소 짓는다. 3부의 시편들은 지금 우리와 같은 현실을 살아가며, 사랑하고 슬퍼하고, 갈등하고, 또 소소한 삶의 기쁨을 만끽하며 사랑의 미래를 꿈꾸는 풍경들을 아낌없이 들려준다고 말해볼 수 있으리라.

퀴어 연구자 사라 아메드는 이렇게 말한 적이 있다. "나와는 다르다고 여겨지는 사람들을 사회의 일원으로 받아들이는 일은 주체가 가지고 있는 특권이다. 주체(자국민, 백인, 남성, 이성애자, 시스젠더, 비장애인, 그리스도교 신자 등)는 타자(이주자, 비백인, 여성, 퀴어, 장애인, 비그리스도교 신자, 무종교인 등)를 관용할 수 있지만 타자에게는 그러한 권한이 주어지지 않는다. 타자는 오직 주체에 의해서 사랑받을 수 있는 대상으로 남겨질 뿐이다. 타자가 주체의 사랑에 응답하기를 거부하거나 주체와의 동등한 관계를 요구할 때, 타자는 감사할 줄 모르는 배은망덕한 존재로 낙인찍힌다."[2] 그런 의미에서 강혜빈의 시적 화자는 커버링의 경계를 넘나드는 전략 안에서 대체로 자신을 전부 드러내는 법이 없었지만 이 세계의 커버링 압력이 실은 타자를 관용적으로 수용하는 주체의 특권을 주기적으로 확인하는 일일 수도 있음을 자각하고 어느 순간 자신이 관용의 대상, 사랑받을 만한 타자로만 남겨지는 것을 거부하는 시를 쓰기도 한다. 이때 강혜빈의 시적 에너지는 이렇게도 달라진다.

우리가 온순하기를 기대하지 마십시오

빛은 빛의 이름을 부르고
높낮이가 다른 빛들은 조금씩 환해져서
내일의 부스러기처럼 투명해져서

---

2   시우, 『퀴어 아포칼립스』, 현실문화, 2018, pp. 195~96, 재인용.

자세히 들여다보면 삐뚤빼뚤한 모양이 있어요

너는 나를 닮았어, 나를 닮은 게
미울 때도 있었지만 지금은 아니야

우리는 팔레트 위에서 뒤섞입니다

우리를 구성하는 물질은
번개, 콧물, 그리고 약간의 촛불

아니,

우리를 구성하는 마음은
어금니, 돌멩이, 그리고 커다란 사랑

물방울들은 똑같아 보이지만 모두 다릅니다
그것을 다행이라고 생각하십시오

주인공은 맨 마지막으로 사라지는 법

준비, 하는지도 모르게
준비, 등장할 때를 기다리던

무지개가 나타납니다

　　　　　　　　　　　　—「무지개가 나타났다」부분

　햇빛의 백색광에는 여러 가지 색깔의 빛이 섞여 있다. 비가 오고 난 뒤, 햇빛이 공기 중의 물방울에 닿으면 다양한 색의 빛이 서로 다른 각도로 굴절되어 색색의 무지개로 나타난다. 빛의 매질이 되어주는 공기 중의 물방울 또한 같아 보이지만 표면장력과 공기 저항 때문에 모두 다른 모양으로 삐뚤삐뚤 존재하는 것이 사실이다. 이것은 강혜빈의 시적 화자가 찾아낸, 우리 존재에 관한 하나의 인상적인 비유로 읽을 수 있지 않을까?

　그런 의미에서 이번 시집의 마지막에 실린 위의 시는 세상을 향한 당당한 독립 선언처럼 읽힌다. 나는 이 시를 읽으며 자신의 삶을 '죽음'에서 '사랑'으로 전환하려 노력했던 시인이 마침내 스스로의 다름을 수용한 상태에서, 이제는 긍정하는 단계까지 나아갔음을 선명하게 깨닫는다. 우리는 같아 보이지만 서로 다르고, 다르지만 하나의 무지개로 아름다움을 만들어낼 수도 있다. 강혜빈이 꿈꾸는 '밤의 팔레트'란 이처럼 다른 색깔과 물방울 들이 뒤섞이는 평등한 공간이면서 동시에 무조건 온순하고 둥글기만을 거부하고 어금니와 돌멩이의 단단한 힘을 기억하며 제 안의 각기 다름을 드러내는 가능성의 공간이기도 한 것이다. 이제 강혜빈의 시적 화자는 오직 주체에 의해 사랑받을 만한 대상으로 남기를 거부하며, 자신을 긍정할 뿐만 아니라, 자신의 다름을 가시화하고 커버링의 압력까지 점진적으로 넘어서려는 노력을 통해 자신을 닮은 또 다른 누군가에게 커다란 사랑의 힘을 증명하려 하고 있다.[3] 시적 화자의 해석을 거쳐 등장하는 무지개는 기존과 같은 무지개이지만 동시에 이전의 무지개와는 다른 가능성을 여는 무지개이기도 하다.

6. 그리고 '가슴 뛰는 체험의 아카이브'로

퀴어문화축제에 참여했던 한 퀴어 활동가는 이렇게 말한 적이 있다. "퀴어퍼레이드에 처음 갔을 때는 이쪽(퀴어 커뮤니티의 일원이라는 의미)임에도 불구하고 굉장한 문화 충격을 받았어요. 지하철에서 내려서 행사장으로 걸어가는데, 뭔가 다른 세계로 들어가는 듯한 느낌이 드는 거예요. [……] 정말 이렇게 많을 줄 몰랐어요. 많은 사람들이 나와서 이날만큼은 자기의 존재를 부정하지 않고 나타낸다는 것이 큰 감동이었죠. 항상 퀴어퍼레이드를 생각하면 가슴이 좀 뛰어요."[4] 이 말에 기대어

---

3   또한 미처 다 언급할 수 없어 아쉽지만, 강혜빈의 시에서는 여성의 현실에 대한 각성과 여성 정체성에 대한 자각이 중요한 동력원으로 작동하고 있음을 반드시 기억해야 한다

4   같은 책, pp. 208~09, 재인용.

퀴어 페미니스트의 관점에서 글을 쓰는 한 연구자는 "퀴어 현장에서 수많은 이들과 어울리는 일은 스스로를 퀴어 당사자로 정체화하는 것과는 질적으로 다른 경험이된다. 퀴어 현장에 참여하면서 자기 자신을 긍정할 수 있는 힘을 얻을 뿐 아니라 '우리'를 몸으로 직접 느낄 수있기 때문이다. 퀴어 현장은 '나'의 이야기가 가닿을 수있는 세계의 지평이자 '우리'의 문화적·정치적 출처가되는 소속의 장소라고 할 수 있다. 퀴어문화축제에서 임시적으로 체현된 커뮤니티는 참가자의 삶에 활력을 불어넣고 다른 이들과의 연결감을 증폭시킨다"[5]고 말한바가 있다. 그러니까 퀴어문화축제 또는 퀴어퍼레이드는이 세계에 '나 혼자'만 존재하는 것이 아니라 나와 같은'우리'가 이렇게 많이 존재하고, 그 안에서 소속감과 연결감을 확인할 수 있는 가슴 뛰는 체험이라는 것이다.

나는 강혜빈의 첫 시집이 이 '가슴 뛰는 체험의 아카이브' 안에 또 하나의 의미 있는 사례로 등록될 것임을믿는다. 이 시집이 많은 사람을 불러 모아 서로를 연결하고, 용기를 나눠 줄 수 있으리라고 생각한다. 슬픔과 우울, 자기 정체성의 부인과 인정 사이에서 고투하던 한 인간이 죽음에서 사랑으로 건너오기까지의 이 파란만장한이력을 시를 통해 기록하고 발산하고 끝까지 '파란 피'를

5   같은 책, p. 209.

지켜내었다는 것에 감사를 전하고 싶다. 이 '파란 피'는 다른 정체성의 표지이면서, 슬픔의 이름이기도 했지만 이제는 시를 쓰고 여전히 이곳의 삶을 살아가는 한 예술가의 유일무이한 상징이기도 하다(성소수자의 무지개 깃발에서 파란색은 '예술'을 상징한다고 한다). "웃음소리는 먼 미래까지 전해진다"(「셀로판의 기분」)는 구절에 기대어 이렇게 말해보고 싶다. 강혜빈의 웃음소리는 조용하지만 당당하게, 먼 미래까지 퍼져나갈 것이다. ▨